文春文庫

# 船参宮

## 新・酔いどれ小籐次（九）

佐伯泰英



文藝春秋

# 目次

## 「新・酔いどれ小籐次」おもな登場人物

赤目小籐次《あかめことうじ》
元豊後森藩江戸下屋敷の厩番。主君・久留島通嘉が城中で大名四家に嘲笑されたことを知り、藩を辞して四藩の大名行列を襲い、御鑓先を奪い取る（御鑓拝借事件）。この事件を機に、〝酔いどれ小籐次〟として江戸中の人気者となる。来島水軍流の達人にして、無類の酒好き。

赤目駿太郎
小籐次を襲った刺客・須藤平八郎の息子。須藤を斃した小籐次が養父となる。愛犬はクロスケ。

赤目りょう
小籐次の妻となった歌人。旗本水野監物家の奥女中を辞し、芽柳《めやなぎ》派を主宰する。須崎村の望外川荘に暮らす。

勝五郎
新兵衛長屋に暮らす、小籐次の隣人。読売屋の下請け版木職人。

新兵衛
久慈屋の家作である新兵衛長屋の差配だったが、呆けが進んでいる。

お麻
新兵衛の娘。父に代わって長屋の差配を勤める。夫の桂三郎は錺《かざり》職人。

お夕
お麻、桂三郎夫婦の一人娘。駿太郎とは姉弟のように育つ。

久慈屋昌右衛門
芝口橋北詰めに店を構える紙問屋の主。小籐次の強力な庇護者。

観右衛門　久慈屋の大番頭。

おやえ　久慈屋の一人娘。番頭だった浩介を婿にする。

国三　久慈屋の手代。

秀次　南町奉行所の岡っ引き。難波橋の親分。小籐次の協力を得て事件を解決する。

空蔵《そらぞう》　読売屋の書き方兼なんでも屋。通称「ほら蔵」。

久留《くる》島通嘉《しまみちひろ》　豊後森藩八代目藩主。

池端恭之助　久留島通嘉の近習頭。

創玄一郎太　森藩江戸藩邸勤番徒士組。小籐次の門弟となる。

田淵代五郎　創玄一郎太の朋輩。同じく小籐次の門弟となる。

智永　望外川荘の隣にある弘福寺の住職・向田瑞願の息子。

# 船参宮

新・酔いどれ小籐次㈨

# 第一章　川止め

## 一

文政八年（一八二五）、新春の陽射しが穏やかに江戸に降っていた。

裏庭が堀留に面した新兵衛長屋にも春の息吹がそこはかとなくあった。葉を落とした柿は芽吹きをし、遅咲きの梅の香りがどこからともなく漂っていた。堀留の水もなんとなく温《ぬる》んでみえた。

柿の木の下に筵《むしろ》を敷いて、

「研ぎ場」

を設けた新兵衛が角材を砥石に見立てた前に座り、ぼうっとしていた。

朝五つ（午前八時）過ぎの刻限だ。

長屋から古浴衣を着た勝五郎が姿を見せて、井戸端で朝餉《あさげ》の片付けや洗濯をする女衆《おんなし》の前を抜けて厠《かわや》に向った。女たちが勝五郎を見て、

「新兵衛さんは四半刻（三十分）前に研ぎ場を構えているよ」

とか、

「仕事がないんだね、朝寝くらいしかすることがないんだ」

などと声をかけた。

「ああ、そのとおりでございます。新兵衛さんの脇に仕事場を設けたくとも、仕事がないんじゃお手上げよ」

と勝五郎は力なく応じた。

芝口新町の新兵衛長屋にどことなく緩んだ空気が流れていた。

勝五郎は、堀留の石垣下に舫《もや》われているはずの小舟に視線をやった。当然のことながら小舟の姿はなかった。

勝五郎は堀留を見廻し、

「伊勢参り　今日はどこまで　いったやら」

と呟くと厠に向っていった。

厠で用を足した勝五郎が新兵衛の前で立ち止まった。

「新兵衛さんよ、なんだか朝起きてもいま一つ力が湧いてこないな」

と話しかけたが、新兵衛からはなんの返事も戻ってこなかった。

「なんだかよ、酔いどれ爺がいないとなると、妙に寂しいやな。赤目《あかめ》小《こ》籐次《とうじ》はいない、仕事はこない」

ぼやく勝五郎の視線の先の木戸口に読売屋の空蔵《そらぞう》の姿があった。

「ああ、仕事がきやがったか」

勝五郎は空蔵に、おいでおいでをして、庭にいることを教えた。

「新兵衛長屋も活気がないね」

と言いながら空蔵が勝五郎と新兵衛の前にやってきた。

「なんだ、手ぶらか」

勝五郎が空蔵に言った。

「火事なし押込みなし、殺しもなければ討ち入りもなし、なしなし尽くしでよ、読売のネタがない。ただいまも髪結床、湯屋と顔を覗かせてきたが、天下泰平なにごともなしだ」

「事がなくてよかったな、と言いてえが、うちの釜の蓋が開かないぜ、空蔵さんよ」

「だから、こうして新兵衛長屋に顔を出したんだが、やっぱり酔いどれ小籐次様はお出でではないか」

「あったりまえよ、もう九日前に伊勢参りに出てよ、今頃は信濃川なんぞに差し掛かってねえか」

「勝五郎さんよ、東海道に信濃川が流れているものか」

「ならば利根川か」

空蔵が呆れ顔で、

「六郷川と荒川の区別もつかねえ江戸っ子が大勢いらあ。勝五郎さんが信濃川だの、利根川だの承知していたのが不思議なくらいだ」

「おい、ほら蔵、おりゃ、寺子屋だってまともに行ってねえや。五節句なんぞに納める礼金の三百文が惜しいてんで、寺子屋はすどおりだ。それでもよ、版木職人になったおかげで、見よう見まねで字を覚えた。だが、書くのはダメだ。字が裏返ってやがる」

「よう版木屋の親方が勝五郎さんを仕込んだだよ。そうだ、おまえさんの親方の十三回忌がそろそろこねえか」

「ああ、日蔭町の伴六親方がおっ死《ち》んで来年、いやさ、今年の六月十三日が十三回忌じゃねえか」

と物思いに耽《ふけ》る勝五郎に、

「これ、町人、無駄話をいつまで長々と続けておる。仕事の邪魔じゃ、立ち去らぬとわが次直《つぐなお》の錆《さび》にしてくれん」

新兵衛が木刀を引き寄せた。

「おっと、新兵衛さんのことを忘れていたぜ。赤目様、口さがない読売屋の口車に乗せられて、ついお喋りをしてしまいました。お許し下さい」

勝五郎が酔いどれ小籐次に成り切った新兵衛にかたちばかり詫びる体《てい》を見せると、

「だれが赤目小籐次か。それがしは、大石内蔵助なるぞ」

「ふへぇ、本日は赤穂義士の頭領大石内蔵助か。百年以上も前に腹を搔き切った大石様が文政の御世に研ぎ屋か」

空蔵も呆れ顔で新兵衛を見た。

「そうだな、新兵衛さんの頭の中を覗ければよ、おもしろい話が一つ二つ転がっていようじゃないか。空蔵さん、新兵衛さんに願ってみねえ」

勝五郎が言い、空蔵が懐《ふところ》から紙片を出した。

「なんだよ、仕事か。そう言ってくれればよ、もう少し丁重な応対をしたんだがな」

「あんまり話がないもんでよ、近ごろ流行《はや》りの物売りなんぞをいささか大仰にきたてたほら蔵ネタだ。当座、これで我慢しな」

空蔵が勝五郎に紙片を渡し、新兵衛長屋から姿を消した。

「よかったのう、勝五郎。これで釜の蓋が開くではないか」

新兵衛が勝五郎にしみじみとした声音《こわね》で言った。

「ああ、ありがとうよ」

と返事をした勝五郎が、

「新兵衛さんよ、ほんとにおまえさん、呆《ぼ》けているのか。呆けの真似しているだけじゃないのか」

と新兵衛を見た。

「大石内蔵助、ただいま忍従のときでな、呆けた真似をするのも大事のためよ」

勝五郎に笑い掛けると、木刀を角材の「砥石」の上で滑らせて研ぎ始めた。

「くそっ、いよいよ虚仮《こけ》にされているようだ。それもこれも酔いどれ小籐次がお伊勢参りなんぞに行くからよ、こんな目に遭う」

勝五郎は八つ当たりの独りごとをぼやくと、品川方面の空を見て、
「呑気に旅をしているんだろうな」
と久慈屋昌右衛門《くじやまさえもん》の供で伊勢に向う小籐次のことを思った。

破《や》れ笠を被って降りやまぬ霖雨《りんう》を避けた小籐次は、滔々《とうとう》と流れる大井川を黙然と見ていた。

東海道一の大河は、水源に降った雨と雪解け水を溜めて、二日前から川止めになっていた。

駿河、信濃、甲斐三国の国境、間ノ岳《あいだけ》一万六百三十尺（三千百八十九メートル）に源を発し、赤石山脈と白根山脈の間を南に下り、駿河灘に流れ込んだ。その長さ四十二里（百六十八キロ）。

古《いにしえ》より降水量の多い川として知られていた。

徳川幕府は、江戸の守りとしてこの難所の大井川に橋を架けることを禁じ、川渡しとした。ために大雨で水深四尺五寸、人足の肩に達すると川止めになった。

久慈屋昌右衛門の供で小籐次と手代の国三《くにぞう》は、江戸を発ち、一日五、六里をめどに島田宿までやってきた。その一つ手前の藤枝宿を出た辺りで雲行きが変わり、

島田宿の問屋場《といやば》で川止めを知らされた。

「これはうっかりしておった」

小籐次が昌右衛門に詫び、

「赤目様、川止めもまた旅の醍醐味、どこぞに宿を探しましょうかな」

と昌右衛門も鷹揚《おうよう》に構えて答えた。

三人は島田宿の旅籠《はたご》を手当たり次第にあたったが、どこも客が大入り満員で、

「三人なんて泊まる座敷どころか土間すらありませんよ」

と断わられた。そこで問屋場の知恵を借りて、宿場の北を流れる大久保川の向こうに並ぶ寺に頼み込むことにした。

禅宗の林入寺、同じ宗派の長徳寺、快林寺、康泰寺、法幢寺《ほうどうじ》とあたったが、どこもがいっぱいで断わられた。

最後に訪ねたのは、大井大明神だ。島田宿の産土神《うぶすながみ》だ。むろんここでも願ったが、気の毒そうな顔の神官に、

「早めに藤枝宿か岡部宿に戻られることです」

と忠告された。

藤枝宿まで二里八丁、さらに岡部宿まで戻るとすると、さらに一里二十九丁も

あった。

小籐次は、昌右衛門の足を考え、引き返すかと昌右衛門の疲れきった顔を見た。

「旦那様、やはり藤枝宿に引き返しましょうか。宿場で駕籠《かご》を探します」

と手代の国三が言った。

刻限は八つ半（午後三時）辺りだろう。

「一つお願いがござる」

「なんでございますな」

「昌右衛門どのと国三さんはこの神社で雨を避けておられよ。それがしはこの目で大井川の流れを確かめておきたい」

「赤目様、確かめたって川止めではどうにもなりませぬよ」

国三が言った。

「分っておる。箱根から先は一度も歩いたことがないで、それがしがうっかりとしておった。この川止めがあることを忘れておった。ともかく川の流れを確かめた上で駕籠を雇って迎えに参るでな、しばし軒下で足を休めておられよ」

と願って小籐次は大井川の流れを見にきたのだ。

なんとも広い川幅だった。その流れは普段は大人しいが、いったん大雨が降れば、かように濁った茶色の波が立ち、空恐ろしい景色だ。

破れ笠の竹とんぼが海からの生ぬるい風に震えていた。

「これは無理じゃな」

破れ笠を被った小籐次の独りごとを聞いたか、

「旅の人、南風が吹くうちは水は増すばかりですな」

と声がかかった。

振り向くと、雨仕度の老爺《ろうや》と十五、六の娘と手代風の男の三人が小籐次を見ていた。土地の人間であろうか、娘は孫か。手代は背に重そうな風呂敷包みを負っていた。

「南風のうちは長雨ですか」

たしかに海から風が吹いていた。

「さよう、西風に変われば水が落ちます」

老爺が答えた。

「ならば、藤枝宿に戻ることに致す」

小籐次が宿場に向おうとしたとき、四人の男が立ち塞がった。

浪人者と渡世人の組み合わせ、なんとも胡散《うさん》臭い面々だった。

頭分らしい渡世人は、三度笠に合羽《かっぱ》をきて長脇差、首には紅絹《もみ》の首巻きをしてその端を背に垂らしていた。

「なんぞ用かな」

「貧乏爺には用はねえ、あるのは後ろの爺様と娘だ」

孫娘が悲鳴を上げた。

「知り合いとも思えぬな」

「爺、去《い》ね。さすれば怪我をせずに済む」

「あの三人になんの用か」

「爺、おめえが一枚嚙もうたってそうはさせねえ」

四人がいつしか小籐次と老爺と孫娘と手代を取り囲んでいた。

小籐次は手代が背に負う風呂敷包みが狙いかと推測した。

「雉《きじ》も鳴かずば撃たれまいに」

三度笠の紅絹の渡世人が、ぼそりといった。

「わしは川の流れを確かめにきただけだ。そなたらはこの三人になにをしようというのだ」

「旅の爺に話す謂《いわ》れはねえ」

「じゃが、なにも知らずして殺されても敵《かな》わぬ。曰《いわ》くくらいは知って死にたい」

「変わった爺だぜ」

と応じた紅絹の渡世人が、

「そいつらは島田宿で三つの旅籠を持つ紋屋鈴十《すずじゅう》って隠居爺に、みのって孫娘だ。手代の背中の風呂敷包みにこの数日分の旅籠の実入りが入っているのよ」

「ほう、それは大変な額になろうな」

「爺ちゃん」

みのと呼ばれた娘が泣き出した。

「わしはそんな名ではないぞ」

老爺が言い抜けようとした。

「諦めねえ。すべては調べた上のことだ」

紅絹の渡世人が言った。彼らはすべて承知で紋屋鈴十一行を襲う気でこの場に現れたのだ。

小籐次は破れ笠から竹とんぼを抜くと、

「これで我慢せぬか」

と紅絹の渡世人に差し出した。

「ふざけるねえ」

紅絹の渡世人が長脇差の柄《つか》に手をかけたのと、小籐次の竹とんぼが捻《ひね》られて飛んだのがほとんど同時だった。

一瞬、その場の人間の目が雨の中を虚空高く飛ぶ竹とんぼにいった。

次の瞬間、小籐次の腰の次直が鞘ごと抜かれて、柄頭が紅絹の渡世人の鳩尾《みぞおち》を突き上げ、続いて鐺《こじり》が仲間の二人を次々に襲っていた。

最後に残った浪人者が、大刀を慌てて抜いた。

虚空を飛翔していた竹とんぼが斜めに下りてきて、浪人者の背後から、
さあっ
と首筋を切って動きを止めた。

「おのれ」

と叫ぶ言葉が途中で途切れた。

次直の鐺が再度、突き出されたからだ。

竹とんぼが雨に濡れた土手に転がり落ちた。その傍らには四人の悪党どもが倒れていた。

「いかにも雉も鳴かずば撃たれまい」

と小籐次が呟き、

「さて、こやつらをどうしたものか」

と思案した。

「おまえ様」

と老爺が言った。

「おまえ様は何もんですね」

「江戸からお伊勢参りの供でな、道中じゃが、この流れに行く手を阻《はば》まれた。江戸で紙問屋を営む久慈屋の主《あるじ》どのと手代さんを大井大明神に待たせておる。駕籠を雇って藤枝宿に逆もどりせねばならぬ身だ」

「ま、待った。待ってくだされ」

「こやつらが申すには旅籠を何軒もお持ちだそうだが、われら三人を相部屋させてくれる余裕はあるかな」

「そ、それはございませぬ」

「ならば、この件を役人に届けて、われらは島田宿を立ち去る」

「いえ、この先に私の屋敷がございますよ。屋敷に泊まってもらいます」

小籐次は思いがけない言葉に黙り込んだ。

「わし一人ではどうにもならぬ」

「いえ、主どのと手代さんもいっしょです」

「さような造作に与《あずか》ってよいか」

地獄で仏とはこのことかと、小籐次は安堵した。

「となれば、こやつらを役人に渡したほうがよいかな」

「ただ今川止めでこの類《たぐい》がごろごろおりましてな、宿場の番屋は入れる場所もございませんよ。放っておきなされ」

紋屋鈴十の隠居が言い放つと、

「耕三郎、いいか、背の金を貸しなされ。そなたは大井明神社に走り、江戸の紙問屋久慈屋さんの主従二人をうちに、舟型屋敷に案内してきなされ」

と命じた。

耕三郎と呼ばれた若者の恐怖に蒼褪《あおざ》めた顔ががくがくと頷《うなず》き、背中の風呂敷包みを紋屋鈴十の隠居に渡すと走り出した。

土手道に残ったのは、鈴十と孫娘に小籐次だけだ。

「いや、助かった」

「それをいうなら私どものほうです」

と小籐次に応じた鈴十が、

「おまえ様、なかなかの腕前でございますな。江戸の商人が用心棒に連れていくわけだ。名はなんといわれるな」

と尋ねた。

「わしか、赤目小籐次と申す」

「赤目小籐次な、どこかで聞いた名じゃな」

「爺ちゃん、いつか旅籠の客人が話していた、『御鑓拝借《おやり》』の酔いどれ小籐次様がそのような名ではなかった」

孫娘のみのが祖父に応じた。

「おお、そうじゃ。おまえ様、まさか」

「その酔いどれ小籐次と呼ばれる爺でござる」

小籐次は己が虚名を島田宿で聞こうとは思わず、身を縮めた。

「えらいお方に会ったぞ、みの」

紋屋鈴十の隠居は得心がいったという顔をした。

## 二

島田宿外れの大井川左岸の集落では、洪水に備えて舟型に盛り土をして自衛した。ためにこの界隈《かいわい》ではそんな町家は、

「舟型屋敷」

と呼んだ。

中でも三軒の旅籠を経営するという紋屋鈴十の舟型屋敷は、上流に向って舟の舳《へ》先《さき》を突き出したように石垣が組まれた立派なもので、石垣の高さは一間半ほどもあった。

この紋屋鈴十の舟型屋敷に、小籐次一行は宿を借り受けることになった。

耕三郎に舟型屋敷に連れてこられた久慈屋昌右衛門と国三は、ほっとしたように、

「いや、赤目様のお蔭で冷たい雨の中、藤枝宿まであと戻りしなくてすみました」

とほとほと精も根も尽き果てたという顔で安堵した。

そのとき、小籐次は舟型屋敷の離れ屋の二階を当座の住まいに借り受けることにして、すでに夜具などが運び込まれていた。この離れ屋の軒下には小舟が吊るされていて、洪水の折の「足」だという。

「昌右衛門どの、礼を申されるならばこの家の主、紋屋鈴十どのに申されよ」

離れ屋の二階に旅の荷を解くと、三人は母屋に向った。

囲炉裏端《いろりばた》で待っていた紋屋鈴十に久慈屋昌右衛門を引き合わせると、互いに商人同士、直ぐに打ち解けた。

「久慈屋さん、赤目様、手代さんも湯が沸いておりますでな、まず冷えた体を温めて下されと」

と鈴十に言われて、昌右衛門ら三人は舟型屋敷の湯に浸かって一息ついた。

「いやはや、一時はどうなることかと思いました」

湯の中で冷えた体を温めた昌右衛門が、小籐次に最前から何度目かの同じ言葉を繰り返したものだ。

小籐次が昌右衛門と出会ったのは箱根でのことだ。

『御鑓拝借』を決行するために、主君の久留島通嘉《くるしまみちひろ》の参勤下番《かばん》を箱根の湯本に見送りにいったときのことだ。あのころと昌右衛門の外見は変わりないと思いつつ

伊勢参りに同行してきたが、やはり、

「齢には勝てない」

と痛感した。むろん昌右衛門ばかりではない、小籐次とて昨年、逃げたらくだを捕えようとして落馬して腰を痛め、熱海に湯治にいく羽目になった。

老いはお互い様か、と小籐次はこれから先の旅路に想いを馳せた。

ともあれ三度三度の食事も紋屋鈴十の母屋で食することに決まった。

舟型屋敷では洪水の際でも、十日や二十日分の食いものはどこも用意してあるという。ゆえに三人が数日泊まるくらいなんでもない。川止めになっていたが、島田宿や近くの村々が浸水したわけではない。食いものは雨の中、府中や岡部、藤枝など近くの宿からも入ってきた。

「赤目様の異名は『酔いどれ小籐次』でございましたな」

と鈴十が湯から上がった小籐次に言い出した。

江戸の話題は、東海道を通じて旅人の口から口へ伝わり、どうやら、

「酔いどれ小籐次」

の名も知られているようだった。

「紋屋さん、いかにも『酔いどれ小籐次』の名は、江戸では子どもでさえ承知で

すよ」

小籐次の代わりに昌右衛門が返答をして、鈴十が、

「これこれ、仕度しておる酒をこちらにお持ちしなされ」

と声を張り上げると、なんと男衆《おとこし》が四斗樽を囲炉裏端に運んできた。

「紋屋どの、われら押し掛け客でござる。夕餉を馳走になる上に酒とは」

「嫌いですかな、酔いどれ様」

「いや、好物ではござるが、いささか恐縮でござる」

「いえ、赤目小籐次様は孫のみのと手代と私の命の恩人です、これくらいはなんでもございませんでな」

鈴十が言うと、三升入りの大杯に酒が八分ほど注がれた。

「酔いどれ小籐次様の酒の飲みっぷり、何度も旅のお方から聞かされました。どうか大井川の川止めが無事明けますように飲み干して下され」

と言われ、小籐次は昌右衛門を見た。

「赤目様、折角のおもてなし、川明けの祈願となれば、飲み干さざるを得ませんな」

かような場面に幾たびも同席した昌右衛門が言い、

「紋屋どの、一杯だけ頂戴致しましょう」

と小籐次が応じた。

「一杯だけですか。その一杯が二升を大きく超えてござる」

と紋屋鈴十が嬉しそうに言い、男衆二人が小籐次の前に大杯を運んできた。

紋屋の舟型屋敷の家族や奉公人が十数人集まってきて、小籐次を見た。

「え、この爺様が天下に名高い赤目小籐次か」

と思わず声を洩らした者が、

「これ、作平、酒好きではそなた島田宿では人後に落ちぬと威張っておるようだが、赤目様の飲み残しを狙っておりますか」

と鈴十に言われた。

「隠居、そんなとこだべ。この大杯で飲み干すご仁など島田宿にはいないだよ。つまりはよ、世間にはいねえということだ」

作平は小籐次の飲み残しを舌なめずりしながら待った。

「『箱根八里は馬でも越すが越すに越されぬ大井川』の川止めの水落ちを祈願して、頂戴仕《つかまつ》る」

小籐次は男衆二人が捧げる大杯に軽く手をかけ、口をつけた。大杯が斜めに傾

けられ、小籐次の口に酒が流れ込み、喉が、

ごくりごくり

と鳴って、ゆっくりと確実に大杯が小籐次のもくず蟹も同然と呼ばれる大顔を隠していき、ついには小籐次の体の上に三升入りの大杯が顔の代わりに乗った。

「おおー」

というどよめきが起きた。

男衆の大杯にかけた手はいつしか離れていた。

空になった大杯を持つ小籐次の両手がゆっくりと下げられた。

一滴も残さず飲み干した小籐次は、にっこりと微笑《ほほえ》んだ。そして得も言われぬ満足げな顔で一同を見廻した。酔いがもたらした慈顔だった。

「馳走にござった」

「こりゃ、驚いた。わしは江戸からの噂を話半分にしか聞いてなかった。いやはや、久慈屋の旦那、赤目小籐次様は並みのご仁ではないべ。もう一杯いくべえか、鈴十の隠居」

作平が主に尋ねた。

「お分りになりましたかな。何年か前には一斗五升を飲み干されたご仁でござい

ますよ。ですが、いまや赤目小籐次様も五十路《いそじ》、酔いを楽しむ齢になられました」

二杯目の大杯を、小籐次に代わって昌右衛門がやんわりと断わった。

三人の寝間である離れ屋の二階には大井川の速い流れの音が恐ろしげに響いてきた。それは小籐次らの肝を冷やすに十分な破壊力を秘めた激流の水音だった。

だが、冷たい雨に打たれ、疲れ切った体で藤枝宿に戻るかと覚悟した三人は、思いがけない幸運に恵まれて眠りに就くことになった。

「やはり赤目様が同道して下さってよかった。久慈屋昌右衛門、雨に打たれての野宿を覚悟致しておりました」

昌右衛門の言葉に小籐次は鼾《いびき》で応えていた。

その翌朝、大井川の上流の山間部で雪交じりの雨が降ったとかで、大井川の流れは水が減るどころか逆に増水したようにも思えた。

小籐次は舟型屋敷に世話になる代わりに屋敷の刃物を研ぐことを思い付き、舟型屋敷にある砥石を借り受け、国三が集めてきた刃物を研いで時を過ごすことにした。

「赤目様はどこに行っても同じですね、ここでも刃物を研いでおられます。島田宿で商売するとひと儲けできますよ」

国三の言葉に、小籐次は、

「わしは商いに来たのではないのでな、昌右衛門どのの伊勢参りの供がわしの役目じゃでな。それにしても在所の刃物はなかなか研ぎ甲斐がある」

と答えただけだった。

その日の昼下がり、鈴十が離れ屋に姿を見せ、研ぎ仕事をする小籐次の手許《てもと》を見て、

「おや、赤目様は研ぎ仕事もなされますか。玄人《くろうと》はだしでございますな」

と言った。すると国三が、

「赤目様はふだん研ぎ仕事で暮らしを立てておられます。その手並みは剣術の来《くる》島《しま》水軍流に勝るとも劣らず、天下一品でございます。紙問屋のうちの道具もすべて赤目様が研ぎます」

「いや、驚きました。さようなことはだれも言わなかったでな、知らなかった」

と研ぎ上がったばかりの出刃包丁を手にし、指の腹で刃を触った紋屋の隠居が、

「これは」

と絶句した。

「あの武名高い赤目小籐次様がせいぜい何十文の研ぎ仕事をして生計《たつき》を立てておられるとは、なんとも不思議なことです」

「紋屋のご隠居様、その一方で一昨年には御救小屋《おすくいごや》に六百両もの寄進をなされました」

「その話は聞きましたぞ。大仰な話と聞いておりましたが、まさか真《まこと》とは知りませんでした」

「はい、真です」

と国三が言い切ると、

「赤目様、いささかお願いがあるのですがな」

と言い難《にく》そうな顔で、紋屋の隠居が言い出した。

「なんでござるかな。こちらは退屈の虫を腹に抱えておりますぞ」

「これからいつものように宿場に三軒の旅籠の見廻りにいくのですがな、昨日のようなことがあってもいけません、付き添いを願えませんか」

と言った。

「そのようなことか。退屈の虫封じ、ようござる」

小籐次は二階で江戸へ文を認《したた》めるという昌右衛門に断わり、国三もいっしょに舟型屋敷の雨具の蓑《みの》を借り受けて、破れ笠を被り、高下駄を履いた姿で従うことにした。

大井川の土手道の二尺下まで水が迫っていた。だが、紋屋鈴十の隠居は長年の経験からか、

「そろそろ山のほうも水が尽きてもいい頃だと思いますがな」

と願いを込めて言った。

「江戸では、隅田川やら堀を小舟で往来し、研ぎ仕事をしておるがな、かように激しい水の流れは見たこともござらんぞ」

「私の先祖は大井川の悪さに何度も家屋敷を流されたそうですが、ふだんは大人しい流れでしてな。まあ、かような大雨のときは水に逆らっても致し方ございません。ただ待つだけです」

と鈴十が応じた。

ただ今の舟型屋敷は三代前の先祖が莫大な費《つい》えを要して普請したものだという。

「かような光景に接すると、人はなんとも小さな存在じゃゃな」

「いかにもいかにも。天変地異には逆らえません」

と答えた鈴十が、

「正直申して、川止めは私ども旅籠屋には稼ぎどきでもあるのです。ですが、ここまで長引いてくると、泊まり客の気持ちが荒《すさ》んできて、酒を飲んで暴れる。博《ばく》奕《ち》をして揉め事を起こす。飯盛り女を買うのはいいが、銭を払わない輩《やから》が現れると、いいことばかりではございませんでな」

「宿役人がおられよう」

「役人はかようなときにはなんの頼りにもなりません。なにしろ争い事、揉め事の数が余りに多うございましてな、まあ、見て見ぬふりです。昨日のような輩を宿役人に届けたところで、役人からも口銭《こうせん》をせびられるだけで、どうにもなりません」

「島田宿には本陣がござろう」

「ございます。ただいま川止めでお泊まりの大名家はおられません。ですが、御用で東海道を往来の旗本衆が本陣三軒に分れて泊まっておられます」

と鈴十が答えたとき、島田宿外れに差し掛かった。

島田宿は大井川の流れる西側から一丁目が始まり、七丁目が東の宿外れになる。

この七丁の両側に下本陣、中本陣、上本陣の三軒、問屋場、旅籠五十軒ばかりがあった。その間に茶店、食いもの屋、酒屋など雑多な店が軒を連ね、繁華な宿場だった。さらに両側道の後ろにも脇道があって、北側は小籐次たちが一夜の宿を探し歩いた寺町、南側にも寺の他に人家があり、畑が広がっていた。

島田宿はよくも悪くも橋が架けられない大井川の恵みを受けていた。なにしろ島田宿と川を挟んで対岸の金谷宿にも川会所《かわかいしょ》に所属する川越《かわごし》人足がそれぞれ三百五十人もいて、川会所を通じて日銭が払われた。これだけでもほかの宿場とは違う実入りだ。

大井川の水源には一万尺余の山々が聳《そび》えているので、

「霖雨降止ずしてみかさましぬれば、河止とて東西の駅中所せくまでふたがり、一駅二宿も跡へ戻りて水の落るを待もあり」

と『東海道名所図会』に川止めの模様を記す。

いくら川越人足でも客を渡すことができない四尺五寸以上の水量だ。

そんな風景が小籐次らの眼前に展開されていた。

さしもの東海道も長雨で泥濘《ぬかるみ》になり、人も馬も駕籠も姿はない。だが、表戸の閉じられた旅籠からは雨の音に混じって、溜息やら罵《のの》り声が洩れてきた。旅籠によっては博奕でもして無聊《ぶりよう》を慰めようという気配も漂ってきた。

「赤目様、最前も申しましたが、島田宿にとって川止めは稼ぎになります。ですがな、こう長雨となると厄介が生じます」

と言った鈴十が、

「ああ、ここが一軒めのうちの旅籠です」

と足をとめた。

小籐次と国三が昨日宿を願った旅籠だ。確かに軒下に、

「紋屋鈴十」

とあった。

「おい、私だよ、開けておくれ」

と鈴十がくぐり戸を叩いた。その戸には、

「宿満員につきお断わり」

の張り紙が雨に濡れていた。

くぐり戸が開かれ、男衆が顔を覗かせ、

「ご隠居、昨日の帰りに悪党どもに襲われなさったそうですね、怪我もないようでなによりでした」

と隠居の身を案じた。

鈴十は、その夜のうちに、四人の悪党に売り上げの金子《きんす》を狙われたが何事もなかったゆえ案じるなと、手代を知らせに走らせていた。

閉め切られた旅籠の土間には、火鉢がおかれてあかあかと炭火が熾《おこ》っていたが、濡れた衣類や雨具が干されているので、それでも湿気が充満していた。

「親父、手代の話ではさっぱり要領を得ない。だが、問い合わせようにも夜になって激しい雨がまた降ってきたろ、致し方ないや。親父が来るのをこうして待ってました」

最前の男衆とは別の男が鈴十の身を案じる言葉をかけ、言い訳した。

「安吉は、あの場を知りませんからな、簡単な話だけを宿場のおまえさん方に知らせさせたのです」

「なにがあったのだ、親父」

鈴十と面立ちの似た倅《せがれ》が蓑を脱ぐ一行を見た。

「こちらの方に助けられたのです」

と鈴十が少しばかり勿体《もったい》を付ける体で倅に言い、

「ああ、赤目様、次男の鈴次郎《れいじろう》ですよ」

と小籐次に紹介した。

「なに、こちらの方にですか」

鈴次郎が小籐次に目を向け、最前の男衆が、

「兄さん、昨日宿を願いに来られたな」

と国三を見た。国三が、

「はい、こちらにもお願いに参りました」

「親父、無理しても泊めねばならない義理があるお方でしたか」

と次男が父親に問い質《ただ》した。

「いや、偶《たま》さか大井川の土手道でこの方に出会いましてな」

と鈴十が小籐次を振り見た。

小籐次は破れ笠を脱いだために大頭に白髪交じりの髪がへばりついていた。自分でも情けない恰好だと思った。

「鈴次郎、このお方の名を知りませんかな」

「赤目という名も初めて聞くし、顔も初めて見るな」

と鈴次郎が小籐次を改めて見た。

小籐次はこそばゆい感じがして身を縮めた。

「天下に名高い『御鑓拝借』の酔いどれ小籐次様こと赤目小籐次様ですよ」

鈴次郎やほかの男衆がしげしげと小籐次を眺めていたが、

「まさかこんな爺様が四家の大名方を叩きのめしたなんてことはねえ。親父、騙されてないか!」

と大声で鈴次郎が叫んだ。

三

「江戸の紙問屋の久慈屋さんの大旦那のお供でお伊勢参りの途次《みちすがら》だ。この手代さんも久慈屋の奉公人だ。まさかそんなお方が偽の小籐次ってことはあるわけもない」

紋屋鈴十の隠居が次男の鈴次郎に諭《さと》すように言った。国三も、

「このお方が『御鑓拝借』の赤目小籐次様に間違いございません。うちは長いお付き合いです。酔いどれ小籐次様があまりにも名を上げたもので、偽の小籐次が現れたことがございますが、酔いどれ小籐次様は正真正銘このお方です」

鈴次郎は未だ信じられないという顔付きで、破れ笠を脱いだ、もくず蟹と評さ

れる大顔を見て、

「ふーん、本物の赤目小籐次様となると、値が付くぞ」

と洩らした。

「倅、中本陣の猿橋様は、相変わらず賭場を開いてござるか」

鈴十が倅に聞いた。

「ああ、中本陣の賭場は相変わらずで、盛業どころじゃねえ。掛取りの金子や路銀を持った足止めの旅人を呼び集めて日夜丁半博奕を続けてやがる。川止めが明けるにはあと三、四日はかかる。中本陣に泊まる京都所司代勘定方の猿橋飛驒様は、京都に運ぶ金子を元手に、胴元を自ら務めていなさるそうな。その賭場の上がりにやくざ者の宮小路の猪助親分と十手持ちの白髪《しらかみ》の熊五郎親分がなんとか一枚嚙もうと、必死で子分を送り込んで、連日いがみ合いの大博奕が続いているとよ」

と鈴次郎が言った。

「川止めの憂さ晴らしの小便博奕かと思ったら、掛取りの金子にまで手をつけての賭場が開かれているのか」

小籐次が呆れ顔で言った。

「どうしたもので、酔いどれ様」

「中本陣に陣取る京都所司代勘定方がなにをしようとわしが首を突っ込む謂れはない」

「そう申されずに酔いどれ小籐次様のお力でな、この際、大掃除をしてくれませぬか」

「呆れ果てたな。宿役人はどうしておる」

「京都所司代勘定方と島田宿の役人ではどだい格が違う。わずかばかりの鼻薬を嗅がされて、中本陣の賭場は見て見ぬふりだ」

「宿場の商人や旅人に迷惑がかからなければそれでよいではないか」

「それがな、暇を持て余した旅人や宿場の旅籠の主や寺の和尚さんまでが、中本陣に出入りして熱くなっておるそうな」

「紋屋の隠居、鈴次郎さん、こちらの旅籠が巻き込まれていないなら、見て見ぬふりをして川止めが明けるのを待つのだな」

「それがそうも言えないのですよ。旅籠の相部屋で手慰みに素人博奕をやっていた連中が中本陣の本賭場に通って、すってんてんになって、路銀をすっかりとられて宿代も払えない旅人が増えておるのでございますよ」

紋屋鈴十が小籐次に言った。

小籐次を宿場に誘ったのはこの一件があったからかもしれない。だが、小籐次は賭場の諍《いさか》いなんぞに首を突っ込む気はなかった。

「そうじゃ、こちらに研ぎを要する包丁はないか」

小籐次は話柄《わへい》を変えた。

「包丁をどうなさる」

「無聊ゆえ研ぎ仕事をして川止めが明けるのを待ちたい」

「鈴次郎、赤目様の研ぎは並みの腕ではないぞ、うちの錆くれの出刃包丁が甦った」

国三は小籐次の生業《なりわい》が研ぎ仕事であり、職人衆の道具も研いでいることをもう一度説明した。

「武名高き酔いどれ様が研ぎ仕事とな。よほど研ぎ代が高いのかな」

「包丁一本四十文です。それも相手次第で研ぎ代を受け取られぬこともあります」

国三の言葉に、

「うちは旅籠だ。刃物はいくらもある」

と鈴次郎が言い、

「砥石もあるかな」

と小籐次が尋ねた。

「ある」

そこへくぐり戸が叩かれた。

「鈴太郎《すずたろう》だ」

と声がして、

「兄さんだ」

と鈴次郎が戸を開いた。

「どうした、兄さん」

高下駄に傘を差した鈴十の長男、鈴太郎が入ってきた。鈴十は三兄弟に旅籠をやらせているそうだが、三男は鈴三郎《れいざぶろう》という名だろうか、と小籐次は思った。

「うちの客が昨夜、中本陣の賭場に誘い込まれた。すっからかんに負けて、うちに預けていた掛取りの金までを白髪の熊の使いが持っていきやがった。客はすっかりしょげかえっておるぞ、ありゃあ奉公先をしくじるな。ともかくよ、宿場が殺伐《さつばつ》としてきたぞ、親父よ」

鈴十の長男が言った。

父親の鈴十が小籐次を見た。

「わしは通りがかりの旅の者、川止めが明ければこの宿場を出ていく身だ。欲に駆られた博奕の揉め事なんぞ関わりになりたくない」

小籐次が言った。

鈴太郎が小籐次を見た。

「昨日親父を助けてくれたお方か」

と訝《いぶか》しそうに言った。

「鈴太郎、このお方はどなたと心得るな」

親父が得意げに長男に言った。

「この界隈では見かけぬな、旅の人に見覚えはないな」

「じゃが、名を聞けばおまえも腰を抜かすぞ」

「まさか中本陣の賭場の用心棒なんていうまいな。いや、これだけ貧相な爺様用心棒はなしか」

鈴太郎が好き放題な言葉を吐いた。

場にしばし沈黙があって、父親の鈴十が、

「天下に名高い酔いどれ小籐次様こと赤目小籐次様だ」

と告げた。

「な、なに」

と吐いた鈴太郎が小籐次を大頭のてっぺんから足もとまで見て、

「まさか」

と呟いた。

「兄さん、本物の酔いどれ小籐次様だとよ」

「魂消《たまげ》た」

「最初は私も鈴次郎もそう考えた」

ふーん、と言った旅籠「紋屋鈴十」の本家の主、鈴太郎が、

「本物の赤目様ならば、うちにいて貰ってよ、うちが騒ぎに巻き込まれないようにご尽力を願いたいものだね」

「長男どの、わしは江戸で世話になっておる久慈屋の大旦那どのの供でお伊勢参りにいく身だ。京都所司代勘定方などという怪しげな肩書の武家や土地のやくざ者が絡む博奕なんぞに関わりたくない」

と小籐次は再びはっきりと言い切った。

うーん、と鈴太郎が唸った。

「赤目様、勘定方の猿橋の殿様にはなんとも妙な後見が従っていてな、中本陣の久保田忠左衛門の旦那を巻き込んで、宮小路の猪助親分と白髪の熊五郎親分の二人を競い合わせ、その間に素人《しろうと》客を取り込む寸法だ。玄人に素人客が勝つはずもない。川止めが続く間、客を呼び込んでは、懐の金子のすべてをかき集める心積もりだ」

と言った。

「勘定方に妙な後見とは何者だ」

小籐次はつい話に入り込んでしまった。

「京女の巫女《みこ》だ、神路院《じんろいん》すさめとかいう名の巫女でな、それなりに水っ気も残った美形だとよ。賭場の片隅で客の悩み事なんぞを聞いて、お祓いしたり、丁半の目を教えたりしているそうだ。それが人気を呼んでおるそうだ。客の目当てもこの巫女だという者もおる」

「胴元の後見の巫女が丁半の目を教えるというのか。それでは勝ち目があるはずもない。呆れ果てた所業じゃのう」

「インチキ博奕と分っていても、ああ相手方に人が揃っていては、どうにも手が出ぬ」

と鈴太郎が言った。

小籐次は、火鉢の傍らに筵を敷いて即席の研ぎ場を国三といっしょに設《しつら》えた。

さすがに旅籠の台所だ。砥石も粗砥、中砥、仕上げ砥石と三種類が揃っていた。

だが、使い方が荒く、砥石の面が凸凹としていた。

紋屋鈴十と倅たちは話があるのか、帳場に姿を消した。

「赤目様、私にも手伝わせて下さい」

と国三が願い、小籐次は荒れた砥石の面を平にする手伝いをさせることにした。

国三とて小籐次の研ぎ仕事を長年見ており、研ぎ仕事の要領は呑み込んでいた。

小籐次と国三は、砥石の手入れから始めた。それだけで半刻は過ぎた。

その上で国三に長年手入れを怠ってきた包丁に粗砥をかけさせ、それを小籐次が中砥でならし、さらに仕上げ砥石で研ぎ上げた。その上で柄《え》が緩んでいるものは、竹皮のひもでしっかりと巻き直した。

ふと気付くと退屈している旅籠の客が小籐次と国三の研ぎ仕事を見ていた。その中に江戸からの旅人もいると見えて、

「まさか島田宿の旅籠で酔いどれ小籐次様が商売をしているなんて、思いもかけ

ない光景だな。久慈屋をしくじったか、赤目様」

と訊いた。

「この手伝いは久慈屋の手代さんだ。大旦那どのの供で伊勢参りにいく道中にこの川止めにあったのだ。退屈ゆえ旅籠の刃物を研がせてもらっておる」

「なに、商売ではないのか」

「退屈しのぎだ」

「貧乏性だな、酔いどれ様はよ」

「まあ、そんなところだ」

客との話に奥から鈴十と倅たちが出てきて、鈴太郎が、

「客人、このお方が赤目小籐次様で間違いないな」

と念を押した。

どうやら長男の鈴太郎は、未だ赤目小籐次に疑念を持っていたらしい。

「間違いないぜ。おりゃ、職人だ。このお方が紙問屋の久慈屋の店先で研ぎ場を設けて仕事をしているのをいつも見てきたんだ。江戸でだれがえらいたって、公方《くぼう》様より酔いどれ小籐次様がえれえに決まってらあな。一昨年なんぞ御救小屋に六百両もの大金を寄進されたんだぜ。人は形《なり》じゃねえ、心意気だ。それほどのお

方なんだよ」

客の言葉に、

「ふーむ」

と鈴太郎が嘆息し、

「どうれ、研ぎ上がった包丁を見せて下さいな」

と小籐次に願った。

国三が清水を張った桶の水で刃を洗い、布で拭って柄を先にして鈴太郎に渡した。

「おおー」

と柄を握った鈴太郎が驚きの声を発し、鈴次郎が奥に向って、

「留吉、三太郎」

と名を呼んだ。どうやら二人は旅籠「紋屋鈴十」の料理人らしい。

「なんだ、若旦那」

鈴太郎が黙って小籐次の砥いだ出刃包丁を見せた。

「おお、こりゃまた刃が光ってらあ。三太郎、台所から大根を持ってこい」

中年の料理人の留吉が命じ、急ぎ大根が届けられた。その大根を上がり框《がまち》に置

いて研ぎ上げられた出刃包丁の刃で触れた。

すいっ
と音もなく刃が大根を二つに切った。その断面を確かめていた留吉が、

「隠居、ぶっ魂消た」

と驚愕の声を洩らすと、

「このお方が江戸で名高い酔いどれ小籐次様か」

「おお、おめえの飯づくりの腕には勿体ない道具だろうが。眼の前のお方が酔いどれ大明神よ」

と最前の客が小籐次に代わって己のことのように自慢した。

そのときには小籐次と国三は次の道具の手入れに没頭していた。

次男の鈴次郎の旅籠の道具を砥ぎ終えた小籐次と国三と隠居の鈴十は、砥石といっしょに長男の鈴太郎の旅籠の道具を預かって、舟型屋敷に戻ることにした。

相変わらず雨はしとしと降り続いていた。島田宿を抜ける東海道さえ泥濘で、高下駄ではなんとも歩き難かった。

「鈴十の隠居どの、三男坊は鈴三郎と言われるか」

「おお、うちは男には鈴の一字が名に入ります。明日は赤目様に鈴三郎の旅籠の道具の手入れを願ってよいですか」

「むろんのことだ。この雨では為すこともないゆえな。研ぎをしていれば時が経つのを忘れる」

と小籐次が答えた。

「いや、おまえ様の砥いだ刃物でな、客のめしを作るのは勿体なさすぎる。一夜かぎりの客ゆえ黙ってめしを食ってくれる。それでもこう川止めが続くと、夕餉の膳が毎度おなじものとなって、さすがに客から文句も出る。だがな、赤目様、留吉たちも今日の夕餉は、赤目小籐次様の仕事っぷりを拝見したのです、真心こめて美味《うま》いめしの菜を作りますよ」

と鈴十は言った。

「そう申されると包丁を研いだ甲斐があったというものだ」

と小籐次が答えたとき、鈴十が、

「ほれ、ここが中本陣の久保田忠左衛門様方ですよ」

と立派な門構えの中本陣を指した。門の傍らには麗々しく、

「京都所司代勘定方猿橋飛驒様御宿舎」

と虚仮おどしの名札が掛かっていた。

門の片番所には本陣とも思えない風体《ふうてい》の者たちが何人かいた。賭場を盛り立てるやくざの宮小路の猪助の手下どもか、と小籐次は思った。

不意にその一人が紋屋鈴十に目を留めた。

「おい、紋屋の隠居、昨日、売り上げをひっ手繰《たく》られそうになったってな」

「白髪の親分、だれからそんな話を聞いたかね」

小籐次は門の軒下に出てきた壮年の男が白髪の熊五郎かと思い直した。たしかに白髪頭だった。

「蛇《じゃ》の道は蛇だ。なぜ知らせねえ」

「白髪の親分さんよ、私が金ばかりか、命まで取られたとしようじゃないか。そのときは、親分が下手人を探して、とっ捕まえてくれるか」

「当たり前だ。それがおれの仕事だ」

「おや、それは知らなかった。ここんとこ、夜なべ仕事が忙しいと聞いていたものでな」

「夜なべ仕事だと、なんのことだ」

「なんでもこちらでは夜な夜な賭場が立つって話だがな」

「隠居、首を突っ込んでいいことと悪いことがあるんだよ。中本陣には京都所司代のお偉い様がお泊まりだ。なにかあってもいけねえや、こうしてお護りしているんだよ」

「そりゃ、初耳だ」

「なんだと」

白髪の熊五郎が軒下から出てこようとしたが、しとしとと降る雨に濡れるのを嫌ったか、足を止めた。

「年寄りだからって大きな口を叩くなよ、番屋の牢に放り込むぜ」

小籐次は、なにか言い掛けた鈴十の手を引いて舟型屋敷に戻り始めた。

中本陣から一丁も離れたとき、小籐次が鈴十に質した。

「鈴十の隠居、そなたが倅どの方の旅籠を廻って金を集めるのは毎日ではないのだな」

「五日にいっぺんですよ。それがなにか」

「宿場の人はそのことを皆承知かな」

「まあ、宿場の人間は承知でしょうな。だからって、私を襲う者はおりませんよ」

「白髪の熊五郎親分も承知だな」

しばし間を置いた鈴十が、

「まさか」

と洩らした。

「推量だがな、賭場で負けた者たちを唆《そそのか》した者がいるとしたらどうなる。昨日の面々が白髪の親分の指図で動いたとは考えられぬか。あの親分、昨夕のことをなぜ承知だね」

鈴十が目を光らせて小籐次を見た。

四

舟型屋敷に戻ってみると、番傘を差した久慈屋昌右衛門が土手道から独り流れを見ていた。

小籐次らが出ていったときより幾分水嵩《みずかさ》が減っているように思えた。小籐次は国三、鈴十と別れ、昌右衛門の傍らに歩み寄った。

「少し水が減りましたかな」

小籐次の声に昌右衛門が、
はっ
として振り向いた。

「そうですな」

と答えた昌右衛門が大井川の水位を確かめていたわけではなかったかと、小籐次は思った。

「対岸の金谷宿に渡るには、まだ二、三日はかかろうな」

「急ぐ旅でもございませんよ」

と昌右衛門が応じて、

「いえ、多忙な赤目様に供をお願いして、急ぐ旅でもないなどと失礼を申し上げました」

「なんぞ考え事をなさっておられたか」

ちらり、と昌右衛門が小籐次を見た。

「赤目様方が新兵衛さんの名代で身延山久遠寺《みのぶさんくおんじ》に参られたのは、一年前のことでしたか」

「そろそろ一年になろうか。それがなにか」

「いえね、赤目様は旅の道中でおりょう様方に亡きお袋様のことを打ち明けられたのでしたな」

「いかにもさよう。もっともそれがしが生まれた折にわが母さいは亡くなっておりますでな。結局、母を知る人はおらなんだ」

と小籐次は昌右衛門に答えた。

「赤目様、私が明和八年（一七七一）のおかげ参りに行ったことは話しましたな」

「聞いており申す」

「おかげ参りで一生一度の伊勢参りをすませております、もはや十分です。にも拘《かか》わらず、赤目様を煩《わずら》わせた」

「昌右衛門どの、それがしは箱根の先には行ったことがござらぬ。かようなお誘いでもなければ、お伊勢様に詣でることはなかったろう。楽しみでござるよ」

昌右衛門はなにかを気にかけているが、なかなか言い出せずにいるようだと、小籐次は思った。

「昌右衛門どの、箱根の出会い以来、われら、世話になったり世話をしたりと気兼ねない付き合いではござらぬか」

小籐次の言葉に昌右衛門が大きく頷いた。それでもしばし、昌右衛門が口を開くには間があった。

「子どものころから臆病者の私が、近所の仲間に誘われておかげ参りに行こうか行くまいかと迷っておることを親父は承知しておりました」

「ほう、親父様がな」

「そんな私を呼んで親父が言いました。昌太郎――昌太郎というのは私の幼名というか本名にございますよ。久慈屋は代々主の座に就くと昌右衛門を名乗ります」

昌右衛門が遠くを見るような眼差しで濁流が音を立てる大井川の向こうを見た。

「昌太郎、おかげ参りに行く気か」

と父親がいきなり尋ねた。

「行くとは決めてない」

「こんな経験はおまえの齢でなければできまい」

「お父つぁん、おかげ参りを許してくれますか」

「おまえの気持ち次第だ」

父親に言われた昌太郎は、長いこと黙考して大きく頷いた。

「この一件はおっ母さんには黙っておれ、心配するでな。おまえが出たあとのことは私に任せなされ」

昌太郎は頷いた。

「いつ出るな」

「魚屋の両吉さんは明日にも出るというております」

「無事おかげ参りを済ませたらおまえに願いがある」

と父親が言った。

昌太郎は父親を見た。

「昌太郎、この家を訪ねよ」

と父親は紐が付いた布袋を手渡した。小粒銀と銭の他に文が入っているような手ざわりの布袋だった。

「いよいよ困ったときに銭は使え。おかげ参りで最初から金を持っていることを両吉さんたちに覚《さと》られてはならぬ。施行《せぎょう》を受けながら参るのだ、分ったか」

「……私たち五人の仲間は次の日にそっと芝を発ちました。六郷の渡しに来てその内の一人が大勢の人を見て怖くなったか、仲間から外れました。私たちは四人で竹柄杓《たけびしやく》を頼りに伊勢を目指したのです」

「先代の昌右衛門さんには伊勢に知り合いがおられたか」

小籐次の問いに昌右衛門がしばらく沈思して、

「赤目様は伊勢の御師《おんし》を承知ですか」

「伊勢暦《ごよみ》を持って檀那を訪ねてこられるお方じゃな、昌右衛門どの」

と小籐次が問うたとき、国三が、

「紋屋のご隠居がお呼びですよ、夕餉だそうです」

と声をかけて来た。

「赤目様、この話はいささか込み入っております。道中においおい話させて頂きます」

と応じた昌右衛門と小籐次は舟型屋敷に戻った。

その夜のことだ。

離れ屋の二階の寝間に小籐次らが引き上げ、そろそろ寝に就くかというときに母屋が騒がしくなった。

「なんぞございましたか。私が見てまいりましょうか」

国三が聞いた。

「相部屋にしてくれと、新たな旅人が舟型屋敷に送り込まれてきましたかな」

昌右衛門が案じた。

「赤目様、もう寝ておられますか」

そのとき、紋屋鈴十の声が階下からした。

「いや、まだ起きておる」

「いささか相談がございます。赤目様だけちょいと母屋に顔を出してはくれませぬか」

鈴十の声は深刻だった。

「ただ今母屋に参るでな」

階下から鈴十の気配が消えた。

「赤目様、なんでございましょうかな」

昌右衛門が案じ声で言った。

「昌右衛門どの、国三さん、先に休んでおられよ」

小籐次は次直を手にした。

「騒ぎが起きたのですかね」

こんどは国三が心配げな声で聞いた。

「なにが起こっても国三さんは大旦那どのの傍らに従っていなされ」

小籐次は国三に命じて階段を下りた。

その夜、小籐次が母屋から離れ屋に戻ってきたのは、夜半九つ（午前零時）を過ぎていた。

「なんでございましたな」

眠れなかったのか昌右衛門が聞いた。

「例の中本陣の賭場に引き込まれた旅人が奉公する店の金子に手をつけて大負けし、大井川の流れに飛び込んで死んだそうじゃ。紋屋さんの客ではないそうだが、これからそのような真似をする旅人が出てくるのを島田宿の旅籠の主方が案じて、この舟型屋敷に相談に来たというわけじゃ」

「赤目様はなんぞ頼まれましたか」

「知恵を貸してくれと願われたが、それがしに都合のよい考えがあるわけでもなし。ともかく大井川の水が引くのを待とうということになり申した。旅籠では泊まり賃を払えない客がだいぶいそうだと、気にかけておる」

「土地の方はあと何日で水が落ちると言うておりますかな」

「早くて三日、支障なく渡るには四日はかかるそうじゃ」

「越すに越されぬ大井川とはよう言うたものです」

と答えた昌右衛門が、

「待つしか手はございませんな」

と言いながら眠りに就いた。

その明け方、中本陣の賭場に誘い込まれた客の二人が寺の境内の桜の枝に縄をかけて首吊りをしたという知らせが、紋屋鈴十の舟型屋敷に入った。これで三人の死者が出たことになる。

同じ日の昼前、駿太郎《しゅんたろう》は須崎村から小舟に乗って芝口橋の久慈屋の船着場に着けた。

「おや、どうなさいました」

ちょうど荷船を送り出した大番頭の観右衛門《かんえもん》が河岸道から駿太郎に声をかけた。

「母上が、ひょっとしたら旅の道中から文が届いているのではないかと、伺ってくるようにと申しております」

「大旦那様と赤目様方が江戸を発たれて十日は経っておりますな。そろそろ東海道を離れて日永《ひなが》の追分から伊勢参宮道に入ったころでしょうかな」

と言いながら小舟に研ぎ道具があるのを見た。

「おや、研ぎ道具をどうなさいますな」

「大番頭さん、私に手伝えることがございますか。父上ほどの研ぎは出来ませんが、少しでも役に立つならばと母上と相談の上、伺いました」

「なに、うちの道具を駿太郎さんが研いでくれますか」

「店の道具は無理です。でも台所の包丁ならば切れ味がよくなる程度には出来ると思います」

「なんと、親父様の不在の折、うちのことまで気にかけて下さいましたか。ようございます、赤目様がいつも設えるのと同じ場所に研ぎ場を設けさせてもらいますでな」

観右衛門が小僧たちに命じて、小籐次が仕事をなすのと同じ場所に研ぎ場が忽《たちま》ちできた。

駿太郎は手際よく洗い桶や砥石を並べ、前掛けをして腰を落ち着けた。そこへ女中頭のおまつが、

「駿太郎さんがうちの台所の道具を気にかけてくれましたか。うちの小僧なんぞは手を抜くことしか考えてないだよ、涙が出るだね」

と言いながら出刃包丁などを何本か持ってきた。

「おまつさん、切れ味が悪かったら何度でも研ぎ直します」

駿太郎は父の小籐次が旅に出た日から、剣術の稽古を終えると研ぎ仕事を改めて独習した。

小籐次は、剣術の師であると同時に研ぎ仕事の師匠でもあった。

砥石の手入れから研ぎの基まで教えてもらったことを思い出しながら、駿太郎は望外川荘《ぼうがいせんそう》の刃物の手入れをした。ついでに弘福寺の刃物も智永に持ってこさせて砥ぎ上げた。

「智永さん、これでどうだろう」

このところ手入れをしていなかった出刃包丁を手にした智永が、

「おお、研ぎばかりか柄の修繕もしてくれたか。どれどれ」

と望外川荘の竹林に行き、出刃包丁をまるで刀のように振り回して竹の枝を切り、

「おお、これならば親父様の研ぎと変わらないぜ。一本二十文は稼げるな。もっ

ともうちの包丁を研いだからといって、一文にもならないぜ。その代わり長命寺前の桜餅屋に行ってさ、包丁を集めてこようか」

と言った。

「いえ、お金を儲ける気はありません」

駿太郎は須崎村で研ぎの稽古をしたうえで久慈屋にやってきたのだ。だから、手際は悪くなかった。

小籐次はいつも駿太郎に、

「剣術も研ぎ仕事もいっしょだ。丁寧に動きと間《ま》を身につけよ。手先だけで木刀を振り回してはならないように、研ぎも体のすべてを使ってな、ゆったりと大きく下地を仕上げていけばよい」

と説いていた。駿太郎はその言葉を思い出しながら、久慈屋の台所の包丁を一本一本丁寧に仕上げていった。

八つ半（午後三時）時分、おまつが研ぎ場に姿を見せて、

「どれどれ」

と菜切包丁の研ぎ具合を見て、額を垂れて髪を掴むと、刃を当てた。その瞬間、

「魂消ただ」

とおまつが叫んだ。

その声に驚いた観右衛門が、

「どうしましたね」

とおまつに聞いた。

「大番頭さん、菜切包丁に力も入れずによ、髪が、すぱっと切れただよ。これならば大根だろうと南瓜《かぼちゃ》だろうと鮮やかに切れますよ」

帳場格子を出た観右衛門の手に反古紙《ほごし》があった。

「おまつさん、貸してみなされ」

おまつから菜切包丁を受け取った観右衛門が研ぎ上がりをじいっと凝視し、
ふむ
と声を洩らすと指の腹を刃に当て、切っ先へと動かした。

「若旦那様、さすがに赤目小籐次様の直弟子です。師匠にも劣らぬ研ぎ具合です」

と帳場格子の中の浩介《こうすけ》に言いながら反古紙に刃を当てて引いた。すると反古紙が二つにすっぱりと切れていった。

「おまつさん、出刃包丁を貸して下され」

観右衛門が、駿太郎が一刻ばかりかけて研ぎ上げた包丁四本をすべて丹念に検《あらた》めた。

「いや、失礼ながら子どもの研ぎとは思えませんぞ、若旦那様」

「大番頭さん、私は駿太郎さんの後ろ姿の動きで、包丁の研ぎ具合は推測がついておりました。赤目様の体の動きとそっくりでしたからね」

「だれか、うちの道具を持ってきなされ」

観右衛門が命じて、紙切りに使う道具類が運ばれてきた。

「大番頭さん、仕事に使うお道具はまだ父上から許されておりません」

「何事も最初が肝心でございますよ。たしかに赤目様が不在の折です、ですがこうして若旦那様も私も承知のことです。試みてみませんか」

しばし手代が持ってきた大物の道具を見ていた駿太郎が、

「その一本を貸して下さい」

刺身包丁に似た道具を手にして、刃を丹念に調べ始めた。

「こんにちは」

読売屋の空蔵が久慈屋の前に立って、

「おや、酔いどれ様が伊勢参りの間、倅の駿太郎さんが親父の代役かえ。剣術じ《やっとう》ゃねえんだ、一本いくらの研ぎ仕事は無理じゃねえか」

と言った。

だが、駿太郎の眼は、刃を表裏から切っ先まで観察することに真剣で、空蔵の言葉は耳に入っていないように思えた。

「空蔵さん、邪魔をするのではありません。それよりこちらにいらっしゃい」

と観右衛門が店の上がり框に誘い、すでに研ぎ上げた台所の包丁をあれこれと見せた。

「なに、これを駿太郎さんが研いだってか。ほう、なかなかの研ぎに見えるが、切れ味はどうだえ」

おまつが空蔵の顔を見て、

「おまえさんの無精ひげだって剃れるよ」

「ほんとかよ」

空蔵が駿太郎を振り返った。

そのとき、駿太郎は洗い桶の水に久慈屋の道具の一本をつけ、中砥に代えて研ぎ仕事に没頭していた。

「驚いたな、一人前の仕事ぶりだな」

「さすがは赤目小籐次様とおりょう様の倅です」

「だって血はつながっていないんだぜ」

「氏より育ちです。それにお二人の薫陶《くんとう》に加え、あの世から見ておられるお方があるんです。下手な研ぎ屋より駿太郎さんの手際のほうが宜《よろ》しい」

観右衛門の言葉をうーん、と唸って聞いた空蔵が、

「旅先から文は届いていないんだな。となれば、酔いどれ様の倅が暮らしの助けに研ぎ仕事をしていると、小ネタながら読売で書いてみるか」

と商売気を出し、思わず口にした。

「空蔵さん、それればかりはなりません。赤目様が伊勢からお戻りになって、書く許しを得たのちのことです」

浩介が空蔵をひと睨みした。首を竦《すく》めた空蔵が、

「致し方ねえか。子どもネタで食い扶持《ぶち》を稼ぐなんて、ほら蔵もしみったれているよな。それにしても酔いどれ様のいない江戸は寂しいぜ。今ごろ旅の空の下、のんびりと酒でも飲んでいるんじゃないかね」

とぼやくように言った。

# 第二章　島田宿の騒ぎ

## 一

島田宿の西外れを流れる大井川の水嵩は段々と減っていた。だが宿場には未だ小雨が降りつづき、泥濘の道は相変わらずだった。そして、なんとか翌々日には川明きが川会所から発表されるのではないかという希望的な観測が宿場内を駆けまわった日の夜、中本陣で毎夜催される賭場は今夜が最後との知らせが各旅籠に流された。

その夜五つ（午後八時）時分、人の往来の絶えた島田宿の南を流れる宮川沿いにある破《や》れ寺称名寺に、京都所司代勘定方猿橋飛驒の名で、十手持ちと土地の顔役の二足の草鞋《わらじ》を履く白髪の熊五郎と手下の十数人が呼び出された。中には一家の用心棒の浪人者が三人ほど加わっていた。

称名寺は住職がいなくなって二十余年が過ぎて、山門も傾き、本堂も荒れ放題だった。そんな本堂に行灯《あんどん》の灯りが湿り切った空間をかすかに浮かばせていた。

「なんだよ、猿橋の殿様は、なんで破れ寺なんぞにわっしらを呼び出したんだよ」

白髪の熊五郎の腹心、代貸の寅吉が首を竦めていった。

「猿橋様の文には、賭場の稼ぎを分配するとあったがな」

「だったら中本陣の久保田の旦那のところでいいんじゃないか。親分、宮小路の猪助一家だけあちらに呼んでよ、最後の賭場でひと稼ぎさせようって話じゃないよな。おれたち、長雨の間じゅう何日もただ働きなんて御免だぜ」

「それはあるめえ」

熊五郎が言ったとき、破れ寺の外に人の気配がした。

「白髪の、早いな」

宮小路の猪助の声がして喧嘩仕度の手下たちが破れ寺に上がって来た。腰には長脇差を差し込み、竹槍を持っている者もいた。こちらの側にも四人の剣術家くずれが従っていた。

「おい、なんだ、その形《なり》は。おれんちに喧嘩を売ろうってのか」

白髪の熊五郎が警戒の声で尋ねた。

「おりゃ、猿橋様の使いからこの破れ寺でよ、これまでの稼ぎを渡すと言われたんだ。なにかあってもいけねえから、喧嘩仕度だ、いけねえんか。まさか白髪の、おめえだけ独り占めで先に稼ぎを受け取ったんじゃねえよな」

「そんな馬鹿なことがあるか」

白髪の熊五郎が応じたとき、行灯の油が切れたか、灯りが段々と弱まり、
ふっ
と消えた。

「ちくしょう、白髪の、妙な考えはよせよ」

「そっちこそ、おれを騙そうなんて考えを起こすなよ」

と暗がりで怒鳴り合った。そして、

「灯りをつけろ」

宮小路の猪助の声が破れ寺に響いたと思ったら、

「あ、痛たた。くそ、白髪め、てめえ、おれたちを騙す気だな」

「そっちこそ、猿橋の殿様に取り入りやがったな」

と怒りの声が飛びかかった。

そんな暗がりの中、小柄な影が気配もなく本堂前に現われ、双方の用心棒の剣術家が立っていた辺りに歩み寄ると、手にしていた木刀で強《したた》かに殴りつけて廻った。

むろん赤目小籐次だ。

小さな灯りが点《とも》っていた間、本堂裏の暗がりにいて、目を慣らしていたので動きが素早かった。

闇の中で悲鳴が次々に上がり、双方の用心棒の剣術家がばたばたと倒されていった。

「先生、どうしたんだよ」

「畜生、こうなったら皆殺しだ」

白髪の熊五郎、宮小路の猪助がそれぞれ用心棒に命じた。だが、そのときにはすでに用心棒の剣術家はすべて木刀で強か殴られ、倒されていた。そして、

「来島水軍流闇中《あんちゅう》漣《さざなみ》」

との小籐次の呟きが聞こえた。

疑心暗鬼のまま、白髪の手下も宮小路の手下も相手が敵か仲間か判別もつかな

いまま竹槍を暗がりに突き出したり、長脇差を振り翳《かざ》したりした。

そのとき、破れ寺の外で大きな音が響いた。太鼓や釜が叩かれて、

「猿橋様は白髪の親分に分け前をすでに渡したぜ」

と叫ぶ声が響いた。

「な、なんだと」

外の声に二人の親分や子分たちが激してきた。

表から強盗提灯《がんどうぢょうちん》の強い灯りが破れ寺の本堂を照らした。

「てめえ、おれを騙すつもりか」

「分け前なんてもらってねえぞ」

「ああ、やりやがったぞ。白髪の手下どもを叩き斬れ」

さらにもう一つ強盗提灯の灯りが喧嘩場を照らし出した。

「あとはおまえさん方に任せよう」

破れ寺の外に飛び出した小籐次が、待機していた島田宿の川越人足たちに言った。

「任せておきなって、酔いどれ様だけに独り働きはさせせねえぜ」

川越人足の頭分吉三郎が応じた。

死人が出て以来、紋屋鈴十と旅籠の主らは、吉三郎ら島田宿の川越人足の主だった者と会い、公儀の役人の威光を笠に着た白髪の熊五郎や宮小路の猪助の賭場が、長雨で暇を持て余している客の金子をかっさらっていく真似は、決して宿にとってはよいことではないと説得をし続けた。

「おれたちだってこの長雨にはうんざりしているんだよ。その上、博奕で懐がすっからかんになった客が三人も大井川に身を投げたり、寺の境内で首吊りをして死んだ。気色が悪いがよ、中本陣の京都所司代勘定方、猿橋飛騨様の下には十手持ちの白髪の熊五郎とやくざ者の宮小路の猪助がついてやがる。あやつら、おれたち川越人足を人とも思ってねえからね。雨が上がったあと、どんな嫌がらせがくるか知れないぜ」

吉三郎は仲間の不満の気持ちを示しながらも、面と向って抗《あらが》うことはできないと言った。

「吉三郎さん、うちにもえらい助っ人がおられますよ」

紋屋鈴十が言った。

「だれだえ、紋屋の隠居」

「このお方ですよ」

鈴十の傍らにひっそりと控える小籐次を指した。

「なんだ、爺様侍がたった一人か」

「いかにも年寄りの上、形も小さければ不細工な大顔です。ですがね、あんたら、このお方の名を聞いたら腰を抜かされますよ」

鈴十は、「不細工な大顔」などと余計なことまで付け足した。

「名を聞いたら腰を抜かすって、だれだよ」

「江戸で名高い酔いどれ小籐次こと赤目小籐次様を頭、承知ですか」

吉三郎たちがしばし小籐次の顔を見て黙り込んだ。

「紋屋鈴十の隠居、この年寄りが大名四家を敵に回し、たった一人で大名行列に斬り込んだ赤目小籐次様だって。そりゃ、なかろうぜ」

「吉三郎さん、紋屋鈴十は未だ呆けてはいませんぞ。間違いなく『御鑓拝借』を筆頭に数多《あまた》の勲《いさお》しを立てられた赤目小籐次様です。うちとは長年の昵懇《じっこん》の付き合いでしてな、偶さかうちの舟型屋敷に逗留しておられたのですよ。先日、私が四人の悪《わる》に襲われ、売り上げを奪われようとしたときも、なんなく赤目様が退治なされた。この鈴十を信頼しなされ」

紋屋鈴十の隠居が大仰にも虚言をまじえて説得した。

「隠居、騙されてないか、真にこの爺様が赤目小籐次様かえ」

未だ信用しそうにない川越人足たちが小籐次を見た。

小籐次はそのとき、舟型屋敷の上がり框に座って話し合いを聞いていたが、黙したまま胸元から懐紙を摑み出すと虚空に放り上げた。

鈴十も吉三郎らもなにを始めたかと、小籐次を見た。

小籐次は、傍らに置いていた次直を摑むと一気に抜き上げて、座ったまま刃を虚空に躍らせた。すると懐紙が二つに斬り分けられた。さらに上がり框から立ち上がった小籐次が躍るように動いて刃を揮った。すると紙片は四つ八つ十六と段々小さくなって、最後には紙吹雪《かみふぶき》になってひらひらと土間に舞い散ってきた。

「来島水軍流吹雪」

小籐次の口から声が洩れた。

川越人足たちは小籐次の妙技を声もなく凝視していた。

小籐次が吉三郎を見た。

「川越人足どの、こたび江戸の紙問屋久慈屋の大旦那どのの供でな、お伊勢参りに向う道中だ。一応手形は持参しておる」

小籐次は、念のために江戸南町奉行所より頂戴してきた手形を川越人足らに見せた。

「おれたちが字を読めるならばさ、川越人足はやってねえよ。だけど、どうやら本物の赤目小籐次様らしいな」

「いかにも赤目小籐次でござる。紋屋鈴十の隠居どのに助勢を頼まれたがな、この騒ぎ、土地の者が動かねばどうにもならぬ」

「いかにもさようです」

と鈴十が小籐次に言を合わせると、

「そこまで紋屋鈴十の隠居と酔いどれ小籐次様に言われてよ、おれたちも黙っているわけにもいくめえ。どうだい、憂さ晴らしに中本陣でしこたま金儲けしてやがる白髪の熊五郎と宮小路の猪助を痛めつけてやるか。三人も死人が出ているんだ、こりゃ島田宿のためだもんな」

と頭分の吉三郎が言い出した。

あとは赤目小籐次が軍師になって、川越人足にあれこれと指示をした。

島田宿での騒ぎは土地の者が中心になって動くのが、

「筋」

だと小籐次は考えていた。ゆえに紋屋鈴十の隠居といっしょになって川越人足の頭分を説得したのだ。

その結果、鈴十がまず白髪一家と宮小路一家を偽の文で破れ寺の称名寺に呼び出し、小籐次が暗闇の中、腕が立ちそうな浪人剣客どもを木刀で殴りつけて悶絶させたのだ。

そのあとに手拭いで顔を隠した川越人足たちが川渡りで使う杖を手に殴りかかった。なにしろ力自慢の三百五十人の中から選ばれた面々だ。本気になれば、二足の草鞋を履く十手持ちややくざ者など目ではない。

一人残らず気を失って破れ寺の床に転がっていた。

国三と紋屋の鈴太郎、鈴次郎、鈴三郎の三兄弟が手に提灯を持って本堂裏から出てきた。

「おお、まるで河岸のマグロだぞ」

「ごろごろと転がってますな」

「先陣を切られた赤目小籐次様、暗闇にも目が利きますか」

などと三兄弟が言い合った。

もはやその場には小籐次の姿も鈴十の姿もなかった。

「皆の衆、この者たちの髷《まげ》をさっぱりと切り落としましょうか」

国三が長脇差を拾って、まず白髪の熊五郎の残りわずかな白髪で結われた髷を切り落とした。紙問屋の手代の国三だが小籐次と長い付き合いだ。並みのことでは動じなかった。

「おもしろいぜ。よし、おれもふだんから腹が立ってしょうがなかったんだ。この際だ、島田宿の大掃除をしねえか。おりゃよ、威張り腐った宮小路の猪助の髷を落とそう」

吉三郎が国三に続き、白髪一家と宮小路一家の三十人余がさっぱりした丸坊主になった。その上にしっかりと荒縄で縛り上げられた。

川越人足も長雨にうんざりしていたし、日頃から白髪の熊五郎と宮小路の猪助にはいじめられていたから扱いが乱暴になった。

そんな白髪の熊五郎一家と宮小路の猪助一家は、島田宿の問屋場の前に晒されることになった。

そのころ、小籐次と鈴十は島田宿の人が中本陣とよぶ久保田家に忍び込んでいた。

賭場が設けられた広間では、京都所司代勘定方として上洛する猿橋飛騨と配下の者たちが憮然《ぶぜん》としていた。

「なぜ白髪の熊五郎と宮小路の猪助は、客を連れて姿を見せぬ。今晩は最後の大博奕であるぞ。最後の稼ぎをなして明日一番で川渡りを致すぞ」

猿橋飛騨が配下の者に言った。

「あやつども、そろそろ分け前が欲しくて駆け引きしようとしているのではございませぬか」

「この猿橋飛騨相手に駆け引きなど無駄なことだ。ともかく白髪と宮小路に客を連れて早く顔を出せと言って参れ」

猿橋の家来が中本陣から飛び出していった。怪しげな肩書の猿橋飛騨の傍らには、東軍流の免許皆伝と自称する巨漢の浪人井上利右衛門《りえもん》秀之と、巫女と称する妖しい顔立ちの神路院すさめの二人が残っただけだ。

「飛騨様、この宿場にも飽き飽きしてきましたな。一日も早く京を訪ねたいものでござる」

井上が不満の言葉を洩らした。

「飛騨の殿様、客がこないのはどなたはんか邪魔してはるんどす」

巫女のすさめがぽつんと洩らした。

「何奴が邪魔をする」

「だれだっしゃろな」

とすさめが答えたとき、中本陣の賭場に破れ笠と蓑からぼたぼたと雨のしずくを垂らした小籐次が入ってきた。

「猿橋飛驒とやら、川止めの宿場でいささか無慈悲な所業じゃな」

「何奴か」

井上が豪剣を引き寄せながら小籐次に誰何《すいか》した。

「偶さかこの島田宿で川止めにあった者よ。そなたらの賭場開業で川止めにあった男たちが誘い込まれ、すでに三人が自ら命を絶ったというではないか。公儀の役人とも思えぬ所業、この爺侍が糺《ただ》してくれん」

小籐次が蓑を脱ぎ棄てたのと、井上が立ちあがって豪剣を引き抜いたのが同時だった。

「爺、何者か」

「気にかかるか」

丁半博奕の真っ白な盆茣蓙《ぼんござ》を挟んで小籐次と井上が向き合った。

巫女の神路院すさめが黒御幣を振って何事か唱え始めた。

小籐次の覇気を消し去るような妙な気配が押し寄せてきた。だが、小籐次はすさめの霊気に抗して破れ笠に挿した竹とんぼを摑み、指で捻り飛ばした。

ぶうっ

と湿った空気を破って飛ぶ竹とんぼがいきなり方向を転じて神路院すさめの黒御幣を切り裂き、さらに顔を斜めに薙《な》ごうとした。

竹を薄く鋭利に削った竹とんぼの威力は玉鋼《たまはがね》を鍛造したと同じ切れ味があった。

ただし、こちらの切れ味は一度かぎりだ。

すさめは黒御幣を投げ捨てると後ろ飛びに虚空に白衣の体を浮かせ、飛んでくる竹とんぼを摑んで避けた。

「うむ」

小籐次は竹とんぼを摑んだすさめの技前《わざまえ》に驚きを隠しきれなかった。

「猿橋の殿様、相手がわるうおます」

と声を残したすさめが中本陣からそぼふる雨に溶け込むように姿を消した。

猿橋が、

「すさめが逃げおったわ。井上、爺を叩き斬れ」

と命じた。

「二人して、あの世への旅路の前にわが名を教えてやろうか」

「抜かしおったな」

激高した井上秀之が年寄り侍一人と高をくくり、厚みのある刀を八双に構えて小籐次に向っていきなり走り寄ってきた。

小籐次は賭場の入口で動かない。

「死ね、爺」

井上は八双の刀を小籐次の肩口に叩きつけようとした。だが、刀が深さ二寸ほど鴨居に食い込んだ。

「くそっ」

と叫んだ井上が大刀から手を離し、脇差を抜こうとした。

そのとき、小籐次の次直が鞘走り、脇差を半ば抜きかけた井上の胴を深々と撫で斬っていた。

「ああー」

小籐次が井上の耳に口を寄せ、

「井上某、赤目小籐次にあの世への引導役を務めてもらったことを喜べ」

井上だけに聞こえるように囁《ささや》いた。

「な、なに。酔いどれ小籐次か」

「来島水軍流流れ胴斬り」

小籐次の次直が引き回されて、井上秀之が崩れ落ちた。

「だれかおらぬか」

狼狽《ろうばい》した猿橋飛驒が声を上げた。

血刀《ちがたな》を提げた小籐次がゆっくりと益莫蓙を踏んで猿橋飛驒に歩み寄っていった。

「そなた、京都所司代勘定方などではあるまい。どこに行こうとそのほうの所業は変わらぬとみた。すでにこの博奕場があるせいで、三人もが命を絶っておる。そなたもその者たちにあの世で詫びよ。首斬り役は、この赤目小籐次がしてやろうか」

「赤目小籐次じゃと、あの『御鑓拝借』の酔いどれ小籐次か」

「いかにもさよう。同じ宿場に泊まり合わせたのがそなたの不運」

小籐次の次直が一閃《いっせん》し、座したまま後ろに下がる猿橋の首筋に冷たい風が吹き渡った。

黒巫女の神路院すさめだけが島田宿中本陣久保田家から姿を消した。

翌朝のことだ。

雨が止んで大井川の水位も下がっていた。そして、何日ぶりか、お天道様が東の空から上がって来るのが見えた。

旅籠から出てきた旅人たちが、

「あれ、問屋場の前に坊主頭が何十人も繋がれているぞ」

「何者だ」

という声に旅籠の番頭が姿を見せて、

「ありゃ、白髪の熊五郎親分や宮小路の猪助親分じゃねえか。親分たちよ、改心して坊主になったか」

「島田宿のためにはそれがいいな」

と言い合った。

「馬鹿野郎、縄をほどけ、京都所司代勘定方の猿橋飛騨様に知らせろ」

と白髪の熊五郎が怒鳴った。

「あれ、親分、知らなかったのか」

と言い出したのは紋屋鈴十の次男坊鈴次郎だ。

「なんだ、紋屋、知らねえとは」

「昨晩さ、賭場の金を巡って飛驒様と用心棒の井上なんとかがさ、斬り合いをして二人しておっ死んでしまったぜ。死人じゃ、京にも上れないよな。おおそうだ、黒巫女の神路院なんとかもトンズラしたとよ」

「そんな馬鹿なことがあるか」

「ほれ、見ねえ。弔い屋が棺を二つ中本陣に届けているだろうが。あれが二人のあの世行きの乗り物だ」

鈴次郎の指さすほうを見た白髪の熊五郎も宮小路の猪助も愕然《がくぜん》とした。

「親分方も急いでこの宿を逃げないと、道中奉行配下の役人が乗り込んでくるって話だよ。となると島田宿の中本陣の博奕場もあれこれと詮索されるだろうな」

「紋屋、頼む。縄を解《ほど》いてくれ」

と二人の親分が哀願を始めた。

二

駿太郎が久慈屋の店先で研ぎ場を設けて何日も経ち、簡単な久慈屋の道具ならば手入れができるまでに自信をつけていた。

その昼下がり八つ半の刻限、浩介が、

「駿太郎さん、少し手を休めませぬか」

と声をかけた。

「この包丁を研ぎ終えたらそうさせてもらいます」

駿太郎が久慈屋の台所包丁を研ぎ終えると、ちょうどそこへ飛脚屋が顔を出した。

「久慈屋さん、島田宿から若旦那に宛てた文だぜ」

駿太郎が受け取り、帳場格子の浩介に持っていった。

「島田宿からですか」

大番頭の観右衛門が訝しげな顔をした。

「大番頭さん、披《ひら》いてようございますね」

浩介が自分に宛てられた文の開封を老練な大番頭に断わった。

「大旦那様からの文です、宛名は若旦那様にございますからご遠慮なく」

と観右衛門が答え、

「駿太郎さんもここにお座りなさい」

と帳場格子の前を指した。

浩介が文を披いてまず黙読していたが、書面から視線を外して、

「大番頭さん、駿太郎さん、伊勢参りの一行三人は大井川の川止めで立ち往生しているそうです」

と言った。

「えっ、もう伊勢参宮道に入っておると考えておりましたが、島田宿で川止めですか」

観右衛門が驚きの声を上げた。

「山でも宿場でも長雨だそうで、まだ数日は動けまいと書いてあります」

浩介が言ったところに難波橋《なにわばし》の秀次親分と読売屋の空蔵が顔を覗かせた。

「おっ、伊勢参りの三人から文かえ。酔いどれ小籐次様が一行にいるんだ。若旦那、なにかさ、読売に似合う騒ぎを認めてないかえ」

浩介が文の続きに視線を戻した。

「空蔵さん、島田宿で長いこと川止めだそうです。来島水軍流の赤目様も大井川の川止めはどうにもなりますまい。そういえばこのところ東海道を下ってこられる旅人さんの姿が少ないようだと思っておりました」

観右衛門が空蔵に答えながら、表を見た。

「越すに越されぬ大井川で川止めじゃな、酔いどれ小籐次もなす術《すべ》なしか。江戸の読売にゃ、遠い島田宿の川止めは関わりがないな」

と急に空蔵が関心を失ったように言った。

「若旦那、大旦那方は島田宿の旅籠に泊まっておられますかな。長雨となると旅籠も満員、他の客と相部屋で不如意でしょうな」

秀次親分が宿泊のことを気にかけた。

「旅籠はどこもダメで、藤枝宿に引き返そうかと考えているところに赤目様がなんと土地のお方の舟型屋敷に泊まる算段をなさったとか。舅《しゅうと》はその舟型屋敷の離れ屋で文を書いているそうです」

「それはようございました」

浩介の返答に秀次が答えた。

「若旦那、肝心の酔いどれ様はどうしていなさるんだ」

浩介が帳場格子に広げた文の先を読んで、

「あれあれ」

と言った。

「おお、なにかあったか」

「空蔵さん、赤目様は世話になった舟型屋敷の包丁を研いで時を過ごしておられるようです」

「なに、旅に出ても研ぎ仕事か、貧乏性だねえ。そう一文二文の稼ぎをすることもないじゃないか」

「空蔵さん、稼ぎではございませんよ。世話になったお宅にお返しをなさっておられるのです」

「ただで研ぎ仕事ですかえ、呆れた。呑気に酒でも飲んでいるがいいじゃないか。お伊勢参りの酔いどれ小籐次に何もなしか。何にもなしならば、おれは久慈屋にいてもしょうがない。この界隈をほっつき歩いて騒ぎを見つけよう」

空蔵が昌右衛門からの文に見切りをつけて店を出ていった。

ふっふっふふ
と浩介が笑った。

「空蔵さんもせっかちですね。川止めの島田宿で土地のお方のお宅に何日も泊まるには、それなりの曰くがなければなりますまい」

「おや、曰くが書かれてございましたか」

観右衛門の問いに、はい、と答えた浩介が島田宿で三軒の旅籠を営む紋屋鈴十方の私邸、舟型屋敷に泊まることになった経緯《いきさつ》を告げた。

「おやおや、赤目様は旅に出ても人助けですか」

観右衛門が呆れた顔を見せた。

「それに舅は、赤目様が島田宿の川止め客を相手に賭場を開く輩をなんとかしてくれと舟型屋敷の主様に頼まれたようで、なんぞ騒ぎに巻き込まれるのでは、と書いてきております」

ほうほう、と難波橋の秀次親分が応じ、

「酔いどれ小籐次様が参られるところ、風雲急を告げて騒ぎが起こらないはずがございませんからな。ほら蔵ももう少し辛抱すれば旅の酔いどれ様行状記が書けたのにさ」

と得心したように言い足した。

「まあ、川止めも旅の醍醐味、最初の予定よりお伊勢詣での日数が長くなりそうですが、致し方ありませんな」

と観右衛門が言った。

「大旦那は明和八年以来のお伊勢参りと聞きましたが、五十四年ぶりのお伊勢さん、ゆっくりと楽しんでこられることですね」

秀次親分が言い足し、

「私も大旦那様がおかげ参りに行かれたことは後から聞いて知ったのです。なにしろこちらに奉公に出たのはおかげ参りの数年後のことですからね」

と観右衛門が明和八年のおかげ参りのことはよく知らないと答えた。

「それにしても大旦那は慎重な気性と心得ておりましたが、八、九歳でおかげ参りに行かれたとは、なかなか勇気がございますな」

「おそらく仲間に誘われてのことですよ」

「大旦那にとって、五十年以上も前を懐かしむ旅でございますか。こたびのお供は赤目小籐次様と国三さんです、大船に乗ったつもりで、せいぜい楽しんでこられることですな」

と秀次が言った。

浩介が、

「望外川荘は主不在で大丈夫ですか、駿太郎さん」

と気にかけた。

「母上は父上の留守には慣れております」

「空蔵さんの前では言いませんでしたが、赤目様はおりょう様や駿太郎さんのことを旅先で案じている様子だと舅が認めております。くれぐれもよしなにおりょう様に伝えて下さいとも書き添えてございます」

「ほう、大旦那様が赤目様の胸のうちまで案じておられますか」

と観右衛門が言った。

浩介は、舅のお伊勢参りにはなにか曰くがあるのでは、と漠然と文を読みながら考えていた。だが、そんな推量を口にすることはなかった。

「母上に伝えます。きっと喜ぶと思います」

と応じた駿太郎が、

「母上はよいのですが、森藩の方々はやはり父上が剣術指南に姿を見せられないのを寂しがっておられます」

「でしょうね。うちは赤目様の代わりに駿太郎さんが研ぎ場を拵《こしら》えてくれますから、寂しくはございません」

「若旦那さん、私では父上の代わりは務まりません。でも、剣術の稽古だけでは一日が長いです。だからこちらで過ごさせて頂くのは楽しいです」

芝口橋を往来する旅人を見ていると、昌右衛門、小籐次、国三の三人旅がなんとなく想像されて駿太郎には嬉しかった。

「今日は少し早上がりさせて頂きます。新兵衛長屋にお夕姉ちゃんを迎えに行きます」

「おお、お夕ちゃんが望外川荘に泊まる日ですか。須崎村も少しは賑やかになりますね」

と観右衛門が言った。

駿太郎が研ぎ場に戻る風情で立ちあがり、

「やっぱり父上がいないのは寂しいです」

と洩らした。

「はい、私どもも赤目様が江戸におられて会えないのと旅に出て会えないのでは気持ちが違いますでな。なんだか張り合いがなくて物足りないようですな」

と観右衛門が話を締めくくった。

この日、七つ半（午後五時）前に研ぎを終えた駿太郎は、観右衛門に研ぎ上げた道具の点検を受けた。それが駿太郎の一日の終わりの決まり事だった。

観右衛門が時をかけて一本一本丁寧に研いだ道具を検めながら、

「日一日と研ぎが上手になって参りますね。赤目様が江戸に戻ってこられましたら驚かれますよ」

と言った。

「父上とは比べようもありません」

「それは年季が違いますからな。でも、うちの奉公人でこれだけの研ぎが出来る者は見当たりません。最初、駿太郎さんが赤目様に代わって研ぎをしたいと申し出られたとき、いささか驚きました。ところがどっこい、駿太郎さんの齢でこの研ぎは立派なものです。十二分に父上の後継ぎができますよ」

と観右衛門が褒《ほ》めた。

「よかった」

駿太郎が心から嬉しそうな顔をした。

「また明日もこちらに伺ってよいですか」

「むろんのことです」

「ならば研ぎの道具はこちらで預かっていただけますか」

と願うと、観右衛門が小僧に研ぎ場の片付けを命じた。

「おお、そうだ、京屋喜平の番頭さんが駿太郎さんに研ぎを願おうかと、いうておられましたよ」

「京屋喜平さんの道具は人の足にぴたりと合うように裁断をする道具ゆえ、なかなか難しいと父上が言っておりました。私の技量では無理です」

「明日あたり菊蔵さんが姿を見せそうですよ。まあ、試してご覧なさい。大丈夫と思いますがな」

観右衛門の言葉に送られて駿太郎は小舟に乗り込んだ。するとおやえが船着場に姿を見せて、

「出入りの魚屋が桜鯛を持ってきてくれたの。おりょう様に一尾渡して下さいな、駿太郎さん。それに甘いものも入れてあるわ」

と竹籠を差し出した。

「有難う、おやえさん。母上がきっと大喜びします」

「それはよかった」

「そのあと、きっと『父上がいれば』と申されます」

「ご免なさいね、うちのお父つぁんが無理に伊勢なんてところまで引っ張りだしたものだから、おりょう様に寂しい想いをさせているわね」

と詫びた。

「あっ、そんな意味じゃないんです。母上は父上をなにかにつけて思い出されるのです。江戸にいても旅に出ていても同じです」

二人の話を聞いていた久慈屋の喜多造が、

「駿太郎さんのお父つぁんとおっ母さんはさ、不思議な取り合わせだよな。あれだけ齢が離れてだよ、片方は絶世の美人、片方は言い難いが」

「もくず蟹のような大顔の年寄り、でしょう。喜多造さん」

「おお、それそれ。それがさ、江戸一番の夫婦《めおと》だぜ。赤目小籐次様の男気と優しさをおりょう様はだれよりも承知なんだよな」

久慈屋の奉公人の中でも荷運び頭の喜多造は、職人のような気性の持ち主だ。だから言い方が直截だった。そして、なにより赤目小籐次とおりょう夫婦のことを大好きなのだ、それが駿太郎には伝わって嬉しかった。

「有難う、おやえさん。喜多造さん、また明日」

喜多造が小舟の舫い綱を解き、

「駿太郎さん、南風が吹いて内海が荒れてやがらあ。内海を通らずに三十間堀《さんじつけんぼり》、楓川《もみじがわ》から日本橋川に抜けてさ、大川の永代橋上に出てな、須崎村に戻りなせえ」

と送り出してくれた。

新兵衛長屋のある堀留に小舟を入れると、青葉も清々《すがすが》しい柿の木の下で新兵衛が筵に座り、お夕と向い合っていた。なにかお夕が新兵衛を説得しているような気配があった。

お夕が須崎村の望外川荘に泊まりに行く日は、新兵衛はなんとなく分るのか、いつも寂しそうだった。

「お夕姉ちゃん、待たせた」

駿太郎が小さく声をかけると、新兵衛がまず寂しそうな顔でこちらを見た。

駿太郎は杭に小舟を舫い、石垣を飛び上がった。

「おお、駿太郎さんか」

勝五郎が前掛けに木くずをつけて部屋から出てきた。その声に差配のお麻と桂三郎の夫婦が木戸を潜って新兵衛長屋の裏庭にきた。

「どうしたの、お夕」

「爺ちゃんが寂しいんだって」

「あら、お夕はたったの一晩泊まりよ」

お夕の言葉に母親が応じた。

「違うの、爺ちゃんたら、酔いどれ小籐次はどうしたってしつこく私に尋ねるの」

「なに、今日は赤目小籐次を演じてねえのか」

勝五郎が言った。

「爺ちゃんたら、久慈屋さんのお供で赤目様が旅に出て以来、赤目小籐次って名乗ってないと思わない。それに研ぎ仕事にも熱心じゃないわ」

とお夕が言った。

「そういやあ、そうだな。ここんとこ、庭に座ってもよ、ただぼうっとしていることが多いよな」

勝五郎がお夕の言葉に応じ、

「新兵衛さん、酔いどれ様が恋しいのか。妙なやつだな、駿太郎さんの親父様はさ」

と言い足した。

「そうか、赤目様が江戸を留守にしていることを舅どのは分っておられるのか」

と桂三郎が言い、

「そんなことってあるかしら」

とお麻が反問した。

「お夕姉ちゃん、どうしよう。今日は新兵衛さんのために長屋に残ったほうがいいかな」

駿太郎が気にした。

「駿太郎さん、お父つぁんのことは案じないで。お夕は一月一度の望外川荘行きを楽しみにしているんだから」

母親のお麻が予定どおりにお願い、と駿太郎に言った。

お夕も駿太郎の顔を見た。

「よし、ならば行こうか」

と応じた駿太郎が、

「ああ、そうだ。最前、久慈屋さんに旅先の昌右衛門様から文が届いたのです」

と前置きして浩介から聞いた文の内容を伝えた。

「なに、島田宿で川止めに遭っていなさるか。江戸はかように晴れ続きなのに、道中なにが起こるか分りませんな」

桂三郎が言った。すると、新兵衛が、

「そこな町人、旅というものは予期せぬ事態が起こるからおもしろいのよ。赤目小籐次、なにがあっても驚きはせぬ」

と言った。

「おや、久しぶりに新兵衛さんが赤目小籐次節に戻ったぞ。あの爺様のどこがいいのかねえ、いい嫁はいる、倅も賢いや。それでいて、当人は島田宿で川止めだって。おい、桂三郎さん、島田宿を流れる川はなに川だ」

「そこな下郎、島田宿といえば大井川に決まっておろう」

新兵衛小籐次が勝五郎を一喝した。

「ちぇっ、おれは下郎呼ばわりか。ともかく駿太郎さん、お夕ちゃん、新兵衛さんがよ、機嫌のよいときに行ったり行ったり」

勝五郎に追い立てられるように駿太郎とお夕は小舟に乗った。

「桂三郎さん、お麻さん、内海を通らずに三十間堀、楓川を通って日本橋川に抜けて大川に出ます。ゆっくりと行きますから安心して下さい」

駿太郎は声をかけると、小舟を出した。

「駿太郎さん、赤目様がいなくて寂しくないの」

三十間堀に小舟が入ったとき、お夕が聞いた。

「父上がいなくて寂しいのは母上だよ」

「そうね、赤目小籐次様の江戸不在をいちばん寂しがっているのはおりょう様とうちの爺ちゃんかもしれないな」

という声が春の夕暮れ前の水面に流れた。

三

ようやく大井川の川止めが終わった触れが川会所から島田宿に通告された日、これまでとは一変して、春のうららかな陽射しが大井川の水面をきらきらと輝かせていた。

久慈屋昌右衛門、赤目小籐次、国三の一行は、なんと島田宿の川越人足の頭分吉三郎らが担ぐ蓮台に乗って、帯下通《おびしたどおし》(褌《ふんどし》にかかるくらいの水深)まで水量が急激に減った大井川を足も濡らさずに渡ることになった。

その川渡りの最中、吉三郎が、

「酔いどれ様よ、島田宿の大掃除、なかなか楽しかったな」

と蓮台の上の小籐次に言った。

「おまえさん方が立ちあがったからできたことだ」

「おれたちはよ、長いこと白髪の熊五郎と宮小路の猪助の二人の悪によ、いじめられてきたからな、あやつらが島田宿から姿を消してさ、なんともさっぱりしたぜ。それもこれも天下に名高い『御鑓拝借』の酔いどれ小籐次様が手を貸してくれたからできたことだ」

　吉三郎の声も久しぶりの仕事に嬉しそうだった。

「一方で川止めの最中に三人もの旅人の命が失われたのも確かだ」

　ああ、と答えた吉三郎が、

「紋屋鈴十の隠居を始め、島田宿のお偉方がさ、中本陣の賭場の上がりをそっくり押さえたってな。その金が三人の供養に当てられ、また賭場で負けた客の旅籠の支払いなんぞに使われるそうじゃないか。それもこれも軍師の酔いどれ小籐次様が授けた知恵のお蔭と聞いたぜ」

「わしの名がいくらか役に立ったなら、なによりだ」

「酔いどれ様、一つ心残りがあらあ」

「なんだな、頭」

「おまえ様は酔いどれと異名がつくくらい酒が好きだってな。伊勢参りの帰りにはおれたちと一夕《いっせき》酒を付き合ってくんな」

「承知した」

　対岸の金谷宿に着く前に小籐次は、吉三郎らが担ぐ蓮台の上から大井川の穏やかに流れる光景を振り返った。もはや一時のごうごうと音を立てて荒れる激流は消えていた。それでも広い川幅いっぱいの流れはなかなかの見物《みもの》だった。

小籐次一行は結局、島田宿に六晩足止めを食ったことになる。

「なんとも長い足止めでしたな」

蓮台から金谷宿の河原に下りた昌右衛門が小籐次に言った。

「これも旅の醍醐味の一つでござろう」

と応じた小籐次の傍らで国三が、

「頭、有難うございました。手代の身分で蓮台に乗せて頂く贅沢を味わいました」

と昌右衛門から預かっていた紙包みを吉三郎に差し出した。

「手代さんよ、島田宿の大掃除をしてくれた赤目小籐次様一行から渡し賃などもらえるものか」

と断わる吉三郎に昌右衛門が、

「これは渡し賃ではございません。頭方の島田宿掃除の労賃、祭礼の折の酒代の足しにして下さいな」

と口を添えた。

吉三郎が小籐次を見た。

「頭、久慈屋の大旦那どのの気持ちだ、快く受け取ってくれぬか。必ず帰りには酒を酌み交わすでな」

小籐次の口添えに、

「よし、有難く頂戴しよう。酔いどれ様、言葉をたがえるなよ」

と吉三郎らは念を押しつつ島田宿へと戻っていった。

一行は大井川の右岸の土手道から流れ越しにいま一度島田宿を振り返った。

金谷宿で長い川止めを食った旅人たちが続々と島田宿へと渡っていくのを見ながら、小籐次らは久しぶりに自分の足で歩き、金谷宿に入っていった。

「昌右衛門どの、憂さ憂さする日々でござったな」

小籐次は、島田宿の騒ぎに関わった小籐次らを他所《よそ》に、独り舟型屋敷で文を書いたり、なにか思案をしたりしながら無聊をかこってきたと思える昌右衛門に話しかけた。

「いえ、川止めの日々は、私にとって貴重でございました。あの滔々とした川の流れを見ておると、人の力ではどうにもならぬ出来事がこの世にはあるものだと今更ながら思い知らされました」

昌右衛門は、なにか積年心に淀んでいた悩みが薄れたような、そんな顔つきに変わっていた。

「昌右衛門どのは長年久慈屋の商いに専心されてきましたでな、奉公人にも言えぬ悩みもござったろう。伊勢参りは、そんな悩みをさっぱりと洗い流す旅になるとよいがな」

「赤目様と旅をするのです、気分が変わらないわけがございますまい。年寄り二人、お伊勢様でさっぱりと気持ちを切り替えて参りましょう」

と昌右衛門が言った。

小籐次は道中でちらりと、昌右衛門のこたびの伊勢行きが、五十四年も前のおかげ参りに関わりがあることを聞いたが、詳しい話を聞く暇はなかった。

そんな昌右衛門は紋屋鈴十の舟型屋敷の離れ屋で独り過ぎし日の出来事を思い返し、向き合ったのだな、と小籐次は思った。

「それにしても島田宿の六晩は長かったです。伊勢まであと幾日かかるのでしょうか」

と若い国三が言った。

「未だ道中の半ばも行っておりますまい」

「えっ、まだあと半分以上も残っておりますか」

と国三が驚きの言葉を洩らし、

「旦那様、八歳くらいでよくもおかげ参りに行かれましたね。だって路銀もちゃんと持ってないのでございましょう」

と尋ねた。

「おかげ参りでは、子どもが路銀を持っていたとしても旅籠が泊めてはくれません。その代わり、竹柄杓一本を頼りにいくと、道々宿場の人びとが食いものを喜捨し、時に一夜の宿をお寺さんなどが貸してくれるのです。いま考えてもなんと大胆なことをしたものかと、子ども時代の勇気に感じ入ります」

昌右衛門が国三に答えたものだ。


昨晩、小籐次と昌右衛門は紋屋鈴十に呼ばれて舟型屋敷の母屋で話し込んだ。川渡しの最中に川越人足の頭の吉三郎から聞かされたようなことは二人ともすでに承知していた。というのも鈴十らが中本陣で川止めの間に開かれた賭場のあと始末を為したとの報告を受けていたからだ。

そんなあと始末の絵図面を描いたのは、小籐次だ。

宿役人も中本陣の主も、ご大層にも京都所司代勘定方と詐称する猿橋飛騨に鼻薬を嗅がされて、賭場の開催を黙認していたから、事態を見守るだけで鈴十ら旅籠の主たちが為すあと始末になんの文句もつけなかった。

なにしろ長年島田宿を牛耳ってきた白髪の熊五郎や宮小路の猪助の一家を島田宿から放逐した蔭に、

「酔いどれ小籐次」

が控えていることを中本陣の主人も宿役人も承知していた。

中本陣で起こったことを公儀の道中奉行に報告するとなると、自分たちに都合の悪いことも当然露呈してくる。そこで小籐次が描いた絵図面どおりに動いてできるだけ、

「事が丸く収まる」

ようなあと始末の策を受け容れた。

その結果、白髪の熊五郎一家と宮小路の猪助一家は島田宿から坊主頭で放逐された。その上、中本陣の賭場の上がりの金子を紋屋鈴十らが管理して、島田宿再建の費えにすることに決まった。

そんなあと始末が終わったあと、鈴十が小籐次と昌右衛門に、

「久慈屋さん、赤目様、この島田宿で足止めされた分、日にちを取り戻す策があ

るんですが、どうなさいますな。むろんお伊勢参りゆえ、東海道の四日市宿外れの日永追分から伊勢参宮道を歩き通すというお考えならば、この策は忘れて下され」

と言い出した。

「おや、そんな手妻のような策がございますか」

「この長雨のあとです。そろそろ海も凪《な》いでおりましょうからな」

鈴十が二人にとある知恵を授けたのだ。

小籐次と昌右衛門は鈴十の親切なる知恵に乗ることにした。そんな手立ての口利き状が昌右衛門の懐にあった。

「赤目様、差し当たって本日は金谷、日坂《にっさか》、掛川、袋井、そして見附宿まで歩くとすると、七里半弱でございます。となると見附宿泊まりでしょうか」

「見附宿から舞坂宿までどれほど残っておるかな」

小籐次は昌右衛門が寝る前に道中絵図を確かめていたことを知っていた。

「見附宿から浜松城下までが四里と七丁、浜松から舞坂宿までが二里と三十丁ですか」

「となると」

と小籐次は明日の旅程を頭の中で計算した。

「およそ七里足らずか。七つ（午前四時）発ちすれば、明日の七つ（午後四時）前には楽々舞坂に着いておるな」

「ということです」

二人して金谷宿を前になんとなく、

「旅がなった」

ような気がした。

国三ひとりが二人の話についていけなかったが、金谷宿の入口に、

「水祝い」

の文字を見つけて、

「旦那様、『水祝い』とはなんでございますか」

と尋ねた。

「おお、忘れておった」

と昌右衛門が言い出し、

「大井川を無事に渡った旅人は宿に着くと『水祝い』をやるのが習わしです」

「箱根のお山を越えて三島宿で『山祝い』をしましたよね」

「それそれ、箱根と大井川は東海道の難所です。赤目様、これは金谷の茶屋で一杯聞こし召していかねば六晩の川止めの厄を払えませんよ。これ、国三、どこぞの茶屋に席をとってきなされ」

ほどなく三人は七日ぶりに店を開いたという茶屋の縁台に腰を下ろし、昌右衛門が、

「赤目様、四斗樽で貰いますか」

と小籐次に聞いた。

「昌右衛門どの、茶碗で一口頂けば十分にござる。なにしろ七日ぶりの旅は始まったばかりですぞ」

国三が昌右衛門と小籐次のために銚子で酒を貰い、大ぶりの猪口《ちょこ》を二人の前に置いた。

「昌右衛門どの、朝酒は思いの外《ほか》効きますでな、『水祝い』の習わしに従い、一口にしておこうか」

小籐次は昌右衛門に言い、猪口に口をつけて飲んだ。

「美味い」

と思わずこの言葉が口を衝いた。

昌右衛門も猪口の酒を飲み干して、

「これで川止めの厄は落ちましたな」

と茶を喫す国三に勘定を命じた。

かたちばかりの「水祝い」を終えた二人に、茶屋の前に馬を止めた馬方が、

「旦那方よ、馬は要らねえか。四斗樽で『水祝い』だなんだって懐具合がよさそうじゃあな。馬くらいなんてことはなかろう」

と声をかけてきた。

「われら、島田宿で六晩も足止めを食ったのだ。久しく足を使っておらぬでな、徒歩《かち》で参る」

と小籐次が答えた。

「そう言わねえでさ。見れば爺様二人と手代さんか。爺様二人は『水祝い』の酒を口にしたな。島田宿で足を使わず朝酒を口にした、これが意外と応《こた》えるんだよ。だからさ、馬に乗ってくんな」

としつこく迫った。そこへ勘定を払った国三が姿を見せて、

「馬子さん、あまりしつこい誘いはよくありませんよ。旦那様方は歩きたいと言っておられます」

と馬方に断わり、

「さあ、旦那様、赤目様、参りましょうか」

と先に立った。

「おっと待った。手代だかなんだか知らねえが、しつこい誘いだと、おめえの台詞《せりふ》が気に入らねえ。こうなったらなにがなんでも馬に乗ってもらうぜ。おい、相方、馬三頭見附宿まで通しだよ」

と、馬方は仲間を呼び集めた。

馬方たちも川止めで商売にならず、いささか気が逸《はや》っていた。

「馬子さん、止めておいたほうがようございますよ。旦那様のお供の名を聞いても馬を無理強いなされるつもりですか」

国三が平然とした口調で言い放った。

「手代、おもしろいことをいうね。金谷宿の馬子の藤助《とうすけ》、伊達《だて》に背中にくじらの彫り物を背負っているわけじゃねえんだ。爺の名がなんだ」

「お聞きになりますか」

島田宿から川越してきた旅人たちが茶屋の前のいざこざに目を留めた。ために馬方はいよいよ引っ込みがつかなくなったか、

「おい、手代、遠州名物は鯨山の牡《お》くじら、牝《め》くじらだ。おれの背中には夫婦くじらが彫られているんだ。爺侍の名を背中に聞かせてくんな」

と居直り、ぱあっ、と半纏《はんてん》を諸肌《もろはだ》脱ぎにしてえらく中途半端な夫婦くじらの筋彫りを日の光に晒した。

「ならば、筋彫りくじらの藤助さんに申し上げます。そなたが爺侍と申されたお方は、大名四家を向こうに回し、参勤下番の御鑓を切り落として旧主久留島通嘉様の恥辱を雪《すす》いだ赤目小籐次様、またの名を酔いどれ小籐次様にございます」

国三が往来で足を止めた旅人を意識して滔々とした声音で書物を読み上げるように言った。

「な、なんだって、よ、酔いどれ小籐次だって」

「くじらの藤助さん、その異名、承知ですか」

「ばか抜かすな。天下の赤目小籐次様がそんな爺のわけがねえや」

と言い訳する藤助の声が段々と小さくなっていった。

「おい、馬子さんよ、おれは赤目小籐次様の尊顔をなんども拝んだことがある江戸っ子だ。破れ笠に刺さった竹とんぼが酔いどれ小籐次様の証《あか》しだ。おめえが中途半端なくじらの筋彫りを晒したって、供の手代さんだって驚かないよ」

諍いに足を止めた旅人の一人が言った。

「というわけでございます。伊勢参りの帰りにまたお会いしましょうか、筋彫りくじらの藤助さん」

国三がいざこざの仲裁に入ってくれた旅人に一礼して、

「さあ、参りましょうか」

と黙って展開を見詰めていた昌右衛門と小籐次に言った。

二人も江戸っ子と名乗った旅人に会釈して感謝した。

旅が再開された。

「国三さんも一筋縄ではいかないようになったのう」

小籐次が昌右衛門にだけ聞こえる小声で言った。

「西野内村の本家で紙造りの基から修業させたことがようございましたな」

「いかにもさよう。あの分ならば、浩介さんが八代目を継がれたときには、よき手助けになろうな」

「それもこれも赤目様の薫陶のお蔭です」

「薫陶などと、それがしはなんの徳も持っておらんでな」

「いえいえ、忠義心、剣術、刃物研ぎ、竹細工、情味となにをとっても赤目様はどのお方はおられませぬよ。それが知らず知らずのうちに、香をたいて陶器に染み込ませるように、国三に伝わったと見えます」

と昌右衛門が言った。

「それにしても島田宿やら金谷宿で酔いどれ小籐次の名が知られたとは、いよいよ世間が狭くなり申した」

と小籐次がぼやいた。そして、

「おお、そうそう、島田宿で川止めされていると江戸の方々は承知であろうか」

「川止めの間に三通の文を店宛てに送りましたで、もはや承知でしょう。昨日は、明日から旅を再開するとの文も早飛脚で送ってございます。二、三日うちには大井川を渡ったことも知ることになります」

いつしか金谷から日坂までの一里二十四丁を通り過ぎていた。

「昌右衛門どの、五十何年前に通った道、覚えておられぬか」

「赤目様、おかげ参りの人混みをご存じないからそのようなことを仰《おつしや》られる。ともかく夜も昼も竹柄杓を持った老若男女に囲まれておりましてな、景色など目に入りません。またおかげ参りの季節は、野宿してもよい気候の夏が盛りです。着替えもせず湯にも入らない連中の汗臭いことといったらありません。もっとも私も異臭をまき散らしていたのですから、人のことはいえませんがな」

と応じた昌右衛門が日坂宿を出た辺りの景色を見廻し、首を振った。

「眠いことや腹を空かせたことは、いまもはっきりと覚えております。なんであんな目に遭いながら伊勢を目指したのでしょうな」

「江戸では子どもが姿を消しているようじゃが、いまのところおかげ参りが流行る様子はござらぬな」

「赤目様、おかげ参りはまず上方から始まって関東に移ってきます。そろそろその兆候が見えてくるかもしれませんぞ」

と昌右衛門が過ぎ去った五十何年も前のことを思い出したような眼差しを街道の行く手に向けた。

四

江戸では、駿太郎が今や久慈屋の店先で小籐次に代わり、

「子ども研ぎ屋」

と呼ばれて芝口橋界隈のおかみさん連が、

「駿太郎さん、うちの出刃を研いでおくれな」

とか、

「久慈屋さんの道具はさ、酔いどれ様が江戸に戻ってくるまで待たせればいいよ。うちの菜切包丁を先に研いでおくれよ。研ぎ代の十五文は前払いだよ」

などと言いながら、次々に包丁を持ち込んだ。

時に行列が出来て、おかみさんの中には、

「おっ母さんに土産《みやげ》だよ。須崎村に戻ったら草餅をお食べよ」

と土産まで手にして行列に割り込もうとする者もいて、口喧嘩になった。

駿太郎は、おかみさん連の注文を受けながらも、

「恐れ入りますがここは久慈屋さんの店先にございます。研ぎの要る包丁に名を書いて預からせて頂けませんか。夕暮れまでには仕上げます」

と行列や人だかりができないように注意した。だが、女衆は、

「久慈屋は間口が広い角店だしさ、小売り店じゃないんだよ。客の邪魔になることはないやね。大番頭さん、店先に花が咲いたようでいいだろ」

と平然としたものだ。

そんなわけで駿太郎の研ぎを見ながらお喋りに興じたり、口喧嘩の場になった

りして、なんとも久慈屋の店頭は賑やかだった。

観右衛門は最初こそ行列を黙認していたが、

「いささか迷惑ですな。いえ、うちに行列ができるのはいいが、駿太郎さんが研ぎに集中できませんよ」

と小僧を一人当てて、包丁を受け取ってそれぞれに名を書いて預かり、

「研ぎ上がった時分に取りに来てください。うちは井戸端ではございません、店先です」

と行列を解散させたが、また新手のおかみさん連が集まってきた。

その日の昼から駿太郎は、久慈屋の土間から河岸道の柳の下に研ぎ場を変えた。久慈屋に迷惑が掛からぬようにと気をつかったつもりだったが、おかみさん連は平気の平左、こんどは河岸道に屯《たむろ》した。

春の陽射しを長閑《のどか》に浴びながら女衆のお喋りには花が咲き、いつまでも続いた。

そんなわけで芝口橋の行列が評判になった。それに目をつけたのが読売屋の空蔵だ。

「おお、酔いどれ小籐次がいなくてもよ、倅の駿太郎さんが立派に研ぎ仕事を続けているじゃないか。久慈屋の若旦那さん、『子ども研ぎ屋大繁盛』って読売に

書いちゃいけないかね」

と商売心を持ち出し、浩介に、

「ダメです。この一件は赤目様のお許しがなければいけません。もしどうしても空蔵さんがお書きになるのなら、以後うちには出入りを禁じます」

と強い口調で断わられた。

「やっぱりダメか。頼みの綱の酔いどれ小籐次は江戸を不在にしていやがる。春だっていうのに今年は騒ぎがまるでなし、ネタ枯れでうちも困っているんだがな」

「空蔵さん、こんなときこそ知恵を働かせて仕事をしなされ。子どもネタで読売を売ろうなんていけません」

観右衛門も若旦那の言葉に同意した。

「ダメか」

悄然《しょうぜん》として久慈屋の上がり框にどさりと腰を落とした空蔵の前で、騒ぎが起こった。

「これ、女、武士に向って白昼刃物を向けるとはどういう了見か。事と次第によっては、容赦はせぬぞ」

屯しながら順番を待つ女衆の一人が何気なく持ち替えた出刃包丁が浪人風の三人連れの一人の袖に触れたらしい。

「あれ、ご免なさいよ。魂胆なんてなにもないんだよ。見てごらんよ、子どもが健気《けなげ》に研ぎ仕事をして働いているんだよ。だからさ、少しでも手助けしようと思って、うちの錆くれ出刃を持ってきたんだ。悪気はないからね、浪人さん」

女衆は芝口橋のすぐ近く三十間堀八丁目裏の長屋のおよしだ。亭主は江戸っ子が自慢の大工で職人気質《かたぎ》、その女房も浪人侍を恐れるなんてことはない。

「なに、悪気がないだと、浪人者だと。武士に向って決め付けおったな。許さぬ、この場に両手をついて詫びよ」

およしは浪人者の言葉に呆れた顔をしていたが、

「おい、浪人者、このよしに土下座しろと抜かしやがったな。江戸の女がそんな真似ができるかえ。斬るならその腰の錆くれ刀で斬りやがれ」

大勢の仲間たちがいるせいもあって、強気の啖呵《たんか》を切った。

「こりゃまずい」

空蔵が立ちあがりかけたとき、観右衛門が、

「空蔵さん、出るのはいささか早うございますよ」

と帳場格子から引き止めた。

「お武家様、悪いのはこのおかみさんではございません。私がこのような場所で店開きしたのが悪かったのです。私がおかみさんの代わりに詫びます、お許し下さい」

研ぎ場に立ち上がった駿太郎が頭を下げた。

浪人者の目が駿太郎の研ぎ場に置かれた孫六兼元《まごろくかねもと》にぎらりと向けられ、品定めした。それなりの刀と見たようで言った。

「そのほうの刀か」

「はい」

「詫び料にその刀をもらおう」

浪人三人は銭になることを探していたらしい。偶々《たまたま》芝口橋の袂《たもと》に女衆が集まっている光景に目をつけ、言いがかりをつけたのだ。

「父上からお借りしている刀です。それは困ります」

駿太郎が落ち着いた声で断わった。

「中は竹光か」

「いえ、孫六兼元です」

「なに、浪人の子が孫六兼元を差し料にするというか、江戸はおもしろいな。拝見しようではないか」

最前からおよしと駿太郎にいちゃもんをつけていた浪人の仲間が、兼元を摑もうとした。だが、動きは駿太郎のほうが素早く、兼元を手にして研ぎ場から移動していた。

「笹本どの、こやつ、われらに喧嘩を売りおるぞ」

兼元を摑み損ねた仲間が、浪人の頭分に言った。

「私、喧嘩など売っておりません」

駿太郎が言う傍らから、

「やい、唐変木、駿太郎さんの親父様の名を聞いて腰を抜かすな」

と、およしが手にしていた出刃包丁を浪人者らに向けた。

「この女、また包丁を向けおったぞ」

「市村、女などどうでもよい。研ぎ屋の親父がなんとか言ったな。われらが腰を抜かすと言ったな」

「おお、言いましたよ。いいか、おめえらの汚い耳の穴をかっぽじってとくと聞きやがれ。駿太郎さんの親父様は、天下に名高い赤目小籐次様、またの名を酔いどれ小籐次様と申される剣術の達人だ。在所者でも『御鑓拝借』で名を上げた酔《やっ》いどれ小籐次様を知っていようが」

職人の女房だ、口調が鮮やかだ。

「なに、この子どもの親父が赤目小籐次だと。おもしろい、赤目小籐次をこの場に連れて来い。鹿島神道流の免許皆伝の腕を見せて遣わす」

「笹本様、父はただ今江戸を不在にしております」

駿太郎が笹本に答えた。

「なに、赤目小籐次は江戸を不在にしておるとな。虚言ではあるまいな」

「そなた様方相手に嘘を申しても一文の稼ぎにもなりません」

「こやつ、抜かしおるぞ」

三人が目配せして、駿太郎の手の孫六兼元を奪いとるため動き出そうとした。

「そなた様ら、最初からお金目当てで言いがかりをつけておりますね」

駿太郎の態度は三人を相手に全く動じていなかった。

「大番頭さん、大丈夫かね。鹿島神道流の剣術遣い三人が相手だぜ。駿太郎さんはいくつだったたっけ」

久慈屋の店の中から空蔵がまずい展開になったぞ、と案じて上がり框から腰を浮かしかけた。それをすでに帳場格子を出ていた観右衛門が、空蔵の帯を引っ張って戻した。

「空蔵さん、そなた、赤目様と何年の付き合いです」

「酔いどれ小籐次とはかれこれ十年か、ともかく長い付き合いだ。だがよ、駿太郎さんがいくら酔いどれ小籐次の倅どのといっても、まだ子供だぜ」

「なんてことを。空蔵さんは去年、駿太郎さんが浅草寺門前で掏摸《すり》を摑まえた騒ぎをよその読売屋に抜かれたんでしたな」

「ああ、大番頭さん、嫌なことを思い出させてくれたな」

空蔵が上がり框でもぞもぞと尻を動かした。

「最前この孫六兼元が竹光と言われましたね」

「おお、言うた。大人しく刀を渡せばよし、渡さぬときは斬り捨てる」

「どうぞご勝手に」

と答えた駿太郎が客の女衆に、

「怪我をなさってもいけませせぬ。少し下がって下さい」

と願って、兼元を腰にゆっくりと差し落とした。その落ち着き払った態度が三人の浪人たちの怒りを呼んだ。

「駿太郎さん、大丈夫ですか。私のせいでえらいことになったよ」

およしがこの期《ご》に及んでおろおろした。

「おのれ、餓鬼が勝手にと抜かしおったな」

鹿島神道流の免許皆伝と大言壮語した笹本某が、駿太郎の落ち着きぶりに苛立ってか鯉口を切って一気に刀を抜いた。なかなかの素早さだ。

「おお、抜いた」

空蔵が叫んで上がり框から腰を上げた。そして、観右衛門も思わず土間に飛び下りていた。

その一瞬、駿太郎に向って笹本某が踏み込んできた。上段から駿太郎を目がけて斬り下ろした。

「ああ、やった、やりやがった」

空蔵の悲鳴がした。

駿太郎は小籐次仕込みの来島水軍流で応じていた。踏み込んできた大柄な笹本某の胸元に飛び込み様《ざま》、斬り下ろされる刃の下で持ち手を峰打ちに替えて、びしりと鈍い音を立てて胴を叩いた。

ぐっ
と呻《うめ》いた笹本某が、たたらを踏んで河岸道から堀へと落下していった。

「父上直伝、来島水軍流流れ胴斬り」

と宣告した駿太郎は、

「峰打ちです」

と残った仲間二人に告げた。

「そなた方、どうなされますか」

「止めた」

「それがしもやらぬ」

と二人が口々に言い、

「ならば笹本さんを水から引き上げなされ、溺れ死んでもいけませぬ」

と駿太郎が二人に命じた。

「おい、そこの浪人さんよ、仲間は船着場に引き上げておいたぜ」

久慈屋の荷運び頭の喜多造の声がした。

店先では空蔵が一瞬の勝負に茫然自失していたが、

「若旦那、往来のいざこざだ、この話なら書いていいよな。だって大勢の人が見ている前の騒ぎだぜ」

駿太郎の研ぎ仕事のことを読売で書いてはならぬと繰り返し釘を刺されてきた浩介に願った。しばし沈思していた浩介が、

「この話はよいでしょう。でもくれぐれも駿太郎さんの面目が立つような読売にして下さい」

と許しを与えた。

「よし、このネタ、ほら蔵が貰った」

急に元気になった空蔵が久慈屋を飛びだしていった。

この日の八つ半過ぎ、久慈屋の昌右衛門、赤目小籐次、手代の国三の三人は、江戸から六十七里十六丁四十五間の遠江国の舞坂宿に到着していた。

「舞坂　前坂とも書す。いにしへは舞沢、あるひは舞沢松原といふ」

と宿名の曰くを『東海道名所図会』は記す。また、

「南は大洋《おほうみ》にして三州地《じ》より豆州下田まで海里七十五里、これを遠江灘といふ。荒井よりの渡船、舞坂に着岸す」

一行が目指してきた舞坂は、浜名湖に面した渡船場のある宿場だ。

「さあて、廻船問屋の遠江屋助左衛門方はどこでござろうかな」

小籐次が島田宿の紋屋鈴十の口利き状の宛名の廻船問屋はどこか、だれに聞いたものかと呟いた。

そのとき、昌右衛門は船着場に佇《たたず》む七、八人の子どもたちを見詰めていた。汚れた白衣を着て竹柄杓を背に負っていた。

「あれは抜け参りの子どもであろうか」

小籐次が昌右衛門に聞いた。

「まさか抜け参りの子どもに会おうとは」

昌右衛門が明和八年の自分の体験に重ね合わせたか、じいっと見ていた。

「ああ、犬も連れていますよ」

国三が首輪からお祓いの札を垂らした白犬が子どもたちの足元に寝そべっているのを指した。

「やはりいつの時代も抜け参りはあるのですな」

昌右衛門の声には感慨があった。

「赤目様、この海を渡るのですか」

と国三が小籐次に聞いた。

「昨晩、昌右衛門どのに聞いた受け売りじゃが、これは浜名湖なる湖らしい。三百年以上も前に起こった大地震でな、浜名湖と潮海の間の陸地が切れて、大洋とつながったそうな」

「では、今見ているのは湖なのですね」

「どうもそうらしい」

小籐次が答えるところに対岸の新居《あらい》からの渡し船が舞坂へと姿を見せた。

「旦那様、私どもは渡し船に乗るのでございますか」

国三がこんどは昌右衛門に聞き、

「いえ、乗りません。まずは赤目様も言われた廻船問屋の遠江屋助左衛門方を見つけて下され」

と命じられた。

舞坂宿には本陣二軒、脇本陣一軒の他に三十軒ほどの旅籠が船着場付近に櫛比《しっぴ》していた。

「おまえさん方、廻船問屋の遠江屋を探しておられるか」

と声が掛かった。旅籠の奉公人と思《おぼ》しき半纏を着た男衆だった。

「いかにも遠江屋さんに用がございましてな」

「ならば、私が案内しましょうか。うちの旅籠の隣りが遠江屋です」

都合よくも旅籠の男衆に出会って湖岸を松林のほうへと歩いていった。

小籐次は、最前船着場にいた抜け参りの子どもらと犬はどうしたか、と振り返ったが姿は消えていた。

「渡し船はもう終わりかな」

「いえ、七つまでは渡し船が通っておりますよ。ほれ、あれが最後の新居行の渡し船ですよ」

と指された渡し船には白衣の子どもも参宮犬も乗っていなかった。

「遠江屋さんは旅籠も兼ねておられますかな」

昌右衛門が尋ねた。

「いえ、遠江屋は廻船問屋でしてな、遠江屋の客は大概うちに泊まられます」

「ならば今晩私どもを泊めて下さるか、相部屋はいけませんぞ」

「遠江屋の客筋は上客ばかり、むろん相部屋などいたしません。私は前沢屋の番頭の徳蔵です、御用が済んだらお出で下さい」

と宿が決まって、大きな廻船問屋遠江屋に着いた。

いったん前沢屋の番頭と別れて、遠江屋の敷居を跨《また》いだ。

「私どもは島田宿の紋屋鈴十のご隠居の口利きで参りました。江戸で紙問屋を営む久慈屋昌右衛門にございます」

昌右衛門がいかにも船頭相手に仕事をしているという面構えの男衆に言った。

「ほう、島田宿の紋屋鈴十の隠居がね」

昌右衛門が鈴十の口利き状を出して渡すと、男はこの遠江屋の主なのか、即座に封を披き、鈴十の文を読み始めた。

長い時が流れた。

文を読んでいた男が、

「わっしが遠江屋助左衛門にございます」

と最前より眼差しを和《なご》ませ、昌右衛門を見て小籐次に視線を移した。

「このお方が天下無双の赤目小籐次様にございますか。紋屋鈴十の隠居もどえらいお方をうちに送り込まれましたな」

と歎息した。

# 第三章　抜け参り

## 一

久慈屋昌右衛門の一行は、廻船問屋遠江屋助左衛門方の隣りの旅籠前沢屋にその日、泊まることになった。

浜名湖が望める部屋に落ち着いた国三が、

「浜名湖を渡る船に乗るのに厄介な手続きがいるのですか」

と昌右衛門にとも小籐次にともつかずに聞いた。

昌右衛門が廻船問屋を訪ねたことを国三は気にしていた。

「いえ、新居への渡し船ならば、今日の間にも乗れたでしょうがな。廻船問屋の遠江屋さんは、渡し船ではございませんでな」

と昌右衛門が答えた。

「島田宿で何日も川止めで足止めを食いましたな。紋屋鈴十のご隠居がな、その日にちを取り返すには、船参宮《ふなさんぐう》になさいませぬかと知恵を授けて下されたのです」

「船参宮ですって。船でお伊勢参りに行けるのですか」

国三が関心をそそられたように聞き、

「私も知りませんでした」

と昌右衛門が応じた。

お伊勢様へ参るには東海道を上り、

「追分参宮道《さんぐうみち》　此所関東より太神宮参宮道の別也。これより神戸《かんべ》、白子《しろこ》、上野、津へ出る也。山田まで十六里」

と『東海道名所図会』が紹介するように、四日市の外れにある京と伊勢との分れ道まで行き、伊勢参宮道に入るのがお伊勢参りの本道だった。ところが紋屋鈴十は、久慈屋昌右衛門一行が島田宿の川止めに要した日にちを気の毒がり、その日にちを取り戻すためと昌右衛門の足を考えて船参宮を勧めたのだ。

昔から一部の人びとには船参宮は知られていた。例えば駿州から船参宮をするには、遠州灘に沿って渥美半島を横目に伊勢の内海の入口を突っ切り、神社湊《かみやしろみなと》や大湊に入る方法があるというのだ。

「まだ長い旅路が待ち受けていますよ。少しでも楽をしていくならば、船参宮も一つの方法です」

鈴十は年寄りの昌右衛門のお伊勢参りには曰くがあることを察したようで、伊勢神宮関連の物資運送も扱う舞坂の廻船問屋遠江屋助左衛門方を紹介したのだ。

紋屋鈴十の口利き状を読んだ助左衛門が、

「島田宿で六晩も足止めとは気の毒な」

と同情し、

「東海道から伊勢参宮道を行くのもお伊勢参りの趣向ですがな、旦那は明和八年のおかげ参りを経験していなさる。五十数年ぶりのお伊勢さんです、帰路を考えますとどちらかを船旅にするのも方策ですよ」

「遠江屋さん、船参宮の手配がつきますか」

「渡し船ではございませんでな、明日というわけには参りません。ですが、一日ほど待って頂ければ、伊勢松坂に行く船に乗る手配を致しましょう。紋屋鈴十の隠居も、島田宿の大掃除をしてくれた酔いどれ小籐次様になんとか船参宮の手配をせよと命じておりますでな」

と請け合ってくれたのだ。

どうやら島田宿の紋屋と舞坂の廻船問屋の遠江屋は深い縁があるようだ。

そんなわけで一行は、前沢屋に厄介になることになった。

宿帳を持って部屋に改めて挨拶にきた番頭の徳蔵が、

「船参宮で伊勢に参られますか。そりゃ、陸を行くよりなんぼか金子は掛かりますがな、三河と伊勢の内海をぐるりと遠廻りするより断然日にちが短い上に楽旅ですよ」

とこちらも船参宮を勧めた。

「番頭さん、船参宮の船は渡し船のような大きさですか」

昌右衛門が遠江屋で尋ねることが出来なかった問いを発した。

「新居への渡し船では外海に出ることは叶いません。遠江屋さんの関わりの船は、千石の帆船です。浜名湖と外海の境の今切口《いまぎれぐち》でいささか揺れるかもしれませんが、船酔い止めもございますでな、安心して帆船の船頭衆に任せておりなされ」

徳蔵は昌右衛門が船酔いを気にしているとみたか、そういって安心させた。

前沢屋の湯に入りながら、

「旅に出るといろいろございますな」

と昌右衛門が小籐次に言ったものだ。

「東海道を箱根の先に上るのは初めてゆえ、川止めといい、船参宮といい、これまで体験したことがないことばかりでござる。これも旅の妙味ですかな」

「さようですな」

「遠江屋さんは船参宮なれば風具合では二日もあれば、伊勢の内海に入ると申されたな。となると島田宿の足止めは帳消しになろう」

「海から陸を見ながらお伊勢様に参るとは考えもしませんでした」

湯に浸かりながら二人は話し合った。

「これまで江戸に島田宿の足止めと長雨の愚痴ばかり書いた文を送ってきましたが、今晩は船参宮で楽旅ですと家族や奉公人に知らせます。まあ、船参宮にしたところでお伊勢様がお怒りになることはございますまい」

昌右衛門が言い、しばし間を置いて、

「赤目様、私の伊勢参りは明和以来と申しましたな。この五十数年、伊勢に行く機会がなかったわけではございません。ですが、どうしても足を延ばすことができない事情がございましてな」

「伊勢には御師《おんし》の知り合いがあるようでしたな」

小籐次は、島田宿の川止めの間に昌右衛門が気持ちの整理をつけた様子と思い、尋ねた。

「むろん私が明和のおかげ参りで世話になった御師彦田伊《い》右衛《え》門《もん》大夫は亡くなり、代替わりしております」

と昌右衛門は言った。

「先代か先々代の御師彦田伊右衛門大夫におかげ参りの昌太郎さんは世話になったのじゃな」

「はい」

と昌右衛門が言ったとき、他の客が湯殿に入ってきた気配があった。

「この先は、二人きりの折に話しますでな」

と言った昌右衛門が湯船から上がった。

部屋に戻った二人は国三を湯に行かせた。

昌右衛門が酒を頼み、

「赤目様は、伊勢の御師が何者か承知ですか」

と念を押した。

「ご存じのように森藩の下屋敷育ち、西への旅は箱根、熱海止まり。伊勢の御師がどのような役目かよくは存ぜぬ」

「いささか迂遠《うえん》な話から始めます」

と昌右衛門が断わった。

「伊勢の国の五十鈴川《いすずがわ》の水辺に天照大御神《あまてらすおおみかみ》が鎮座したのが今から千八百年も前のことだそうです。これを内宮《ないくう》と呼びます。さらに豊受大神宮《とようけ》、つまりは外宮《げくう》が内宮からおよそ一里半ばかり離れた地に創建されたのが内宮鎮座から五百年ほどあとのことだそうです」

昌右衛門の口調は滑らかだった。おそらくおかげ参りに行ったあと、伊勢のことをあれこれと調べたのであろう。

「世間に無数の神社がございますがな、神宮といえばこの天照大御神の内宮と豊受大御神を祀る外宮をさすものです」

昌右衛門が言ったとき、三つの膳と酒が運ばれてきた。

「国三には悪いが先にはじめましょう。赤目様、ゆるゆると酒を飲みながら話を聞いて下され」

と昌右衛門が言った。

二人は猪口に酒を注ぎ合い、ゆっくりと口に含んだ。

「赤目様、内宮と外宮を合わせた両宮は、『私幣禁断』の宮でございましてな」

小籐次は昌右衛門が言った言葉の理解がつかなかった。

「ああ、『私幣禁断』とは、天皇様以外の寄進者が直接幣物を奉じて祈ることが出来ないのです。私ども庶民には関わりのない神宮様だったのです」

「と申されると、どなたがお参りするのであろうか」

「簡単に言いますと天皇様ご一人《いちにん》の神宮でございましてな。皇后であれ皇太后であれ太皇太后であれ、世継ぎの皇太子であれ、神宮にお参りするときは、天皇様の許しを得てせねばならないのです」

昌右衛門は道中嚢《どうちゆうぶくろ》に携帯してきた書付を出して見せた。そこにはどこで書き写したか、『皇太神宮儀式帳』とあって、

「王臣家ならびに諸民には、幣帛《へいはく》を進めせしめず。重ねて禁断す。若《も》し欺事《いつはりごと》をもつて幣帛を進める人をば流罪に准じ、勘《かんが》へ給ふ」

と昌右衛門の手跡であった。

小籐次には正直なところ意味の理解がつかないものだった。

「ともかくお伊勢様は、その昔天皇様ご一人の神宮であったのです。一方私ども

庶民は仏教を衆生済度《しゅじょうさいど》として帰依《きえ》してきました」

「ただ今のわれらは神仏を等しく崇《あが》めて拝みますな」

「はい。お寺様には私ら商人であれ、百姓衆であれ、賽銭を上げて先祖の霊を拝むことができる。ところが神宮は、直に寄進物や金子を上げられない。それでは広大な社と社地を守り続けていくことはできませんな。そこで平安の御世から伊勢神宮の権禰宜《ごんねぎ》層が、御厨《みくりや》や御園《みその》と呼ばれる神領の寄進を勧誘し、御祈禱師として寄進者に代わってお祈りを捧げることになりました。この権禰宜層が御師と呼ばれるようになり、ただ今では伊勢神宮と寄進する私ども檀那を取り結ぶ使いをするようになりました。御厨の収穫物である供神料は、権禰宜層、つまりは御師の懐を肥やし、神宮を守ってきたのです」

小籐次には話が深遠複雑になり、昌右衛門の話がどこへ行くのか見当もつかなかった。

「かように伊勢の御師と私ども寄進者たる檀那の関わりは代々固い結びつきでつながっております。久慈屋は百年以上も前から伊勢の彦田伊右衛門大夫と私的な結びつきがございました。これはあとから私が知ったことでございますがな、彦田大夫を通じて娘が一人、久慈屋に奉公することになりました。私が生まれる前のことです。御師の彦田大夫の遠縁で、お円という名の娘です」

話が小籐次に分るように身近になってきた。そのとき、

「旦那様、赤目様、お待たせ申しました」

と国三が湯から戻ってきた。

二人は話を止め、

「先に酒を飲ませてもらっておった」

と小籐次が詫びた。

「私に遠慮されることはございません」

と応じた国三が、

「ここ数日、海は穏やかなはずだと旅籠の男衆がいうておりました。このお方、漁師をやっていた人で遠州灘の海には詳しいそうです」

「それはよかった」

と昌右衛門がほっとした返事をし、

「赤目様は来島水軍がご先祖、船に乗るのはお手の物でございましょうな」

と小籐次に尋ねた。

「日頃から来島水軍流を売り物にしておりますがな、親父から伝えられたのは剣

術と川舟の漕ぎ方くらいで、外海は水戸様のご領地の常陸那珂湊《ひたちなかみなと》に行った折に乗せてもらったくらいでござる。わしも遠州灘に出てみぬと、なんとも申し上げられませんな」

「やはり江戸の内海とは波の大きさが違いますかな」

昌右衛門がまた不安げな顔をした。

「内海と外海はうねりが違います。されどこればかりは日によって様々、船頭衆に任せるしかござるまい。それに廻船問屋の主が、船酔い止めの妙薬があるというておったで、明日にも手に入れておきましょうか」

「それがようございます」

小籐次と昌右衛門は酒を切り上げて夕餉を食することにした。

夕餉のあと、昌右衛門は江戸へ文を書くというので、小籐次と国三は舞坂の浜を散策することにした。

「赤目様、旅はよいものですね」

国三は自分が昌右衛門の伊勢参りの供に選ばれたことに感激していた。

「私は赤目様がご存じのように小僧時代にしくじって、西野内村に紙造りの基から学ぶように修業に行かされました。その当初、江戸に戻ってこられるかどうかばかりを案じておりました。でも、そんなことより大事なのは紙から教わることだと気持ちを切り替えたときから、紙造りが楽しくなりました」

「国三さん、あの一件、わしも責めを負わねばならぬ。そなたを甘やかしたのはこの赤目小籐次だからな」

「いえ、それは違います。心得違いをした私がすべての責めを負わねばなりません。でも、よかったです。またこうして赤目様といっしょに旅ができるのですから」

「あの遠回りの三年半は決して無駄ではなかった」

二人の前の浜名湖の水面に常夜灯の灯りが映って揺れていた。

「赤目様、旦那様はお伊勢参りを機会に隠居なさるというのは真のことでしょうか」

「そんな噂が店に流れておるか」

「いえ、店ではそのようなことを言う奉公人は一人もいません。でも、仕事先の方々が」

「言うておるか」

「はい」

「他人の口は無責任じゃでな」

「私は、旦那様が隠居なされようと、浩介様が次の新しい旦那様と決まっているのですから、同じように奉公するだけです」

「それでよかろう」

二人はしばらく黙って浜名湖の水面を見ていた。

「赤目様、こたびの伊勢行き、格別に注意すべきことがございましょうか」

国三が聞いた。

しばし間をおいて小籐次が、

「なぜそう思うな」

と質してみた。

「奉公人の身で余計なこととは存じております。もし伊勢でなにか格別な御用があるのならば、その気持ちでお仕えしようと思いました」

小籐次はもはや小僧時代の国三ではないことを改めて感じていた。

「話し合うよい機会かもしれぬな」

と前置きして、

「いまのところわしの推測に過ぎぬ。国三さん、そう心得て聞いてくれぬか」

「はい」

国三の返事は明快だった。

「昌右衛門どのがいまから五十四年も前、明和のおかげ参りに行かれたことは承知じゃな」

国三が頷いた。

「だれからそのことを聞いたな」

久慈屋の江戸店でそのことを承知なのは大番頭の観右衛門くらいだ。

「西野内村に修業に行かされた折、紙職人を辞めた一人の年寄りと知り合いになりました。このお方、嶋吉さんといって久慈紙の神様と言われる人ですが、人柄が頑なだと、本家の奉公人はあまりよく言いませんでした。私は、どうしても紙造りが分らなくなると、嶋吉さんに尋ねに行きました。最初は、むすっとしてなにも答えてくれませんでしたが、何度かかようううちに自分の家に設けた小さな紙漉《す》き場で、私の手の動かし方を見て黙って私と代わり、その技を何度も繰り返し見せてくれました。私はその技に脳天を玄翁《げんのう》で殴られるほど驚きました」

小籐次は国三が初めて話す西野内村の修業話を聞いた。

「苦労したな」

いえ、と言った国三が、

「最後に嶋吉さんを訪ねたとき、分家の昌右衛門様が幼い頃に伊勢におかげ参りに行ったことがあると聞かされました」

「その嶋吉さんはどうしていなさる」

「私が江戸に戻ることになったと知らせにいったとき、嶋吉さんは亡くなっておりました」

「そうだったか」

小籐次は嶋吉が話したことはそれだけではないような気がした。だが、国三はそれ以上のことを話さなかった。

「おそらく昌右衛門どのは、五十何年も前のおかげ参りでやり残したことをなさろうとしているような気がする。われらはその手伝いを為すだけだ」

小籐次の言葉に頷いた国三が、

「一つだけ赤目様に申し上げておきます。私の荷には路銀の他に二百両の大金が入っております」

小籐次は国三を見た。

「お伊勢様への寄進であろうか」

と小籐次は呟いていた。だが、そうでないことを二人ともに察していた。

二

早朝、江戸の須崎村では駿太郎と創玄一郎太《そうげんいちろうた》、田淵代五郎《たぶちよごろう》、それに弘福寺の倅の向田智永が朝稽古に熱を入れていた。

主の赤目小籐次が不在というので、豊後《ぶんご》森藩江戸藩邸の二人は、前夜から望外川荘に泊まりがけできて、翌朝寺道場での稽古をしているのだ。久しぶりに四人の門弟が揃ったことになる。

一人として手を抜いてはいなかった。最近では智永も前ほど愚痴をこぼさずに稽古をしていた。それでも四半刻もすると、

「駿ちゃん、待った。ちょっと休ませてくれ。足腰が動かぬし、これ以上続けると、爺様のように杖を頼りに歩くことになる。今日はよ、法事が一つあるんだ。足を投げ出して経を読むことになる」

と言い訳して竹刀《しない》を引いた。

駿太郎は致し方なく竹刀を木刀に持ち替えて独り稽古をした。すると、一郎太と代五郎が交互に駿太郎の相手を務めてくれた。

朝稽古が終わると四人は弘福寺の井戸端で汗を拭って望外川荘にいき、用意された朝餉を食した。

その折、お梅を相手に喋るのはもっぱら智永だ。

「おい、お梅、承知か。読売がさ、駿ちゃんのことを書き立てたぞ。なんと酔いどれ小籐次の倅、大手柄だってさ。いいよな、読売に載ってさ」

お梅が駿太郎を見た。

しばし沈黙していた駿太郎が智永に願った。

「智永さん、母上にそのことを話さないで下さい。心配されますからね」

「あら、駿太郎さんが研ぎに行っている間に、智永さんがおりょう様に読売を渡していましたよ」

「えっ、母上はすでに承知ですか。読売を読んでなんと申されました。怒っておいではありませんか」

駿太郎は困ったなという顔をして、尋ねた。

「おりょう様はさ、黙って読んでいたがよ。読み終わって致し方ないって顔をしていたな。駿ちゃんは酔いどれ小籐次の倅だもんな、浪人なんぞ懲らしめるのは朝めし前だろ」

「母上の致し方ないって顔とは、どんな顔ですか」

「だからさ、読売屋が勝手に書いたんだろ。おりょう様は致し方ないって顔をしていた、それ以上いいようがないな」

「智永、そなたがおりょう様に読売など見せなければよいではないか」

代五郎が詰《なじ》った。

「だって代五郎さんよ、おれが見せなくともおりょう様の歌の集いのとき、門弟のだれかが必ず読売を持ってくるぜ」

「まあ、そうだろうな」

と一郎太が答え、

「駿太郎さん、江都に武名高き親父様です、倅は、苦労しますね。読売なんぞに目くじら立ててもしょうがありません。なにを書かれようとどうしようと、ふだんどおりの暮らしを淡々と立てることが大事です」

と言い添えた。しばし沈思していた駿太郎が、

「そうします」

と答えて味噌汁の椀に手をかけた。

「なにかおれ悪いことしたか」

「いえ、なにも悪いことはしていません」

駿太郎が智永を庇《かば》うように言った。だよな、と大声を上げた智永が話柄を変えた。どうやら自分でも拙《まず》いことをやったと自覚しているのだ。

「おい、駿ちゃんよ、伊勢参りの一行はよ、もう伊勢に着いたか」

智永はすでにさばの味噌煮を菜に三杯目の飯を食し終え、四杯目をお梅によそってもらっていた。

「なんでも大井川で何日も川止めで水が引くのを待っているそうです」

「ふーん、駿ちゃんさ、大井川って箱根の先か、手前にあるのか」

智永が駿太郎に聞いた。だが、駿太郎は答えられない。

「なんと師匠方は大井川の川止めに遭っておられますか」

代五郎が気の毒そうな顔をして、

「まあ、久慈屋の大旦那のお供だから路銀の心配はあるまいがな。われらの上府の折は宿代も百五十文と決められていて、一部屋に七、八人が押し込められたな。まずそんなことはあるまい」

と言った。

「そうでしたね、一郎太さんと代五郎さんは国許から江戸に来られたとき、東海道を通ってこられたのでしたね」

「駿太郎さん、われら、初めての江戸上府だ。たしかに東海道を徒歩で通した。大井川は浜松城下と権現様の晩年の居城のある府中駿府の間を流れている川だったと覚えている。橋はない、川渡しで川越人足に肩車してもらって流れを渡った。せいぜい膝下くらいの穏やかな流れと記憶しているがな」

「おお、一郎太、われら武士は渡し賃はお定めであったな。その折、大井川は川中が国境で、東半分は駿州、西半分は遠州と聞いたぞ。そうか、赤目様はあの大井川で幾晩も足止めか。旅籠に泊まることが出来たのだろうか」

代五郎が案じた。

「なんでも島田宿じゅうの旅籠に客があふれ、泊まるところがなくて困っていたとき、偶然にも土地のお方が悪者に襲われそうになったところを父上がそやつらを追い払ったそうです。それが切っ掛けで、その方の舟型屋敷と呼ばれる町家に三人して泊めてもらっているのです」

「さすがにわが師、赤目様らしいやり方で宿を見つけられたか」

代五郎が笑い、智永が、

「駿ちゃんさ、退屈だというので、まさか研ぎ仕事なんてしてないよな」

と言い出した。

「いえ、世話になった舟型屋敷の包丁などを研いで過ごしておられるそうです」

「呆れた。どうせ金もとらない研ぎ仕事だろ。久慈屋の大旦那の供だぞ。暇もあり金もあるんだぞ。こんなときこそ好きな酒でも存分に飲んでいればさ、そのうち川の水も引くのによ」

「智永さん、父上はなにかしておらぬと落ち着かないのです」

駿太郎が答えた。

「駿ちゃんもさ、わざわざ芝口橋まで小舟で通ってよ、久慈屋の研ぎをやっているんだろ、血も繋がってないのによく似ているよな。こういうのを氏より育ちといわないか」

喋りながら智永は四杯目の飯を食し終え、

「やっぱり望外川荘の飯は美味いな。これでさ、甘いものなんかあるといいんだがな。お梅、なにかないか」

とお梅に甘味をねだった。

「お生憎《あいにく》さま、智永さんに食べさせる甘味はございません」

幼いころから知り合いのお梅があっさりと断わった。

「じゃあ、だれんだったらあるんだよ、お梅」

「だれだろうとないんです。だいたい智永さんがなぜうちで四杯も食べるの」

「うちの寺は貧乏寺、この飯はさ、寺道場の貸し賃なんだよ」

と智永が居直った。

「智永さん、母上を日吉山王大権現裏のご実家に送っていきます。帰りになにか甘味を母上に買ってもらいます。明日は甘味付きです」

「やった」

と智永が喜声を発した。

「おい、智永、そんな了見で親父どのの後継ぎになるつもりか」

「代五郎さん、それがおれの目下の悩みなんだ。弘福寺を継いでも貧乏、といって他に才はないもんな。どうしたものか、迷うぜ」

「迷っておる顔ではないな」

一郎太が呆れ顔で言い、

「駿太郎さん、留守は代五郎とそれがしにお任せ下さい。昼稽古で智永をこってりと絞り上げます」

と宣告した。

「待った、一郎太さん。昼稽古はなしだ、今日は法事があるといったろ」

小籐次を慕って集まった三人だが、駿太郎を含めてなんとなく馬が合った。智永もあれこれと文句を言いながらも、三人との付き合いが楽しいらしい。このところ博奕なんぞにも手を出さず、父親の和尚といっしょに殊勝に法事を務めている。


一方遠州舞坂宿では小籐次が朝起きして、近くの松原で来島水軍流の正剣十手脇剣七手を、次直を使って繰り返し独り稽古をしていた。

松林の地面は砂地だ。

次直を抜き打っても松の幹に当たらぬ明地での稽古だ。黙々と形《かた》稽古を一刻ほど続け、終えた。

その瞬間、小籐次は何者かに見られている気がした。しかし、東海道の舞坂宿に小籐次を仇と思う者がいるとも思えない。

（気のせいか）

と考えた。

松林を抜けて旅籠に戻る前に廻船問屋の遠江屋の前を通った。すると主の助左衛門がいて、

「赤目様、本日の昼下がりにはうちと関わりの船が入ると先触れがありました。明日の引き潮時分には船出が出来ますよ」

と言った。

「それは有難い」

と応じた小籐次は、

「主どの、わしは東海道も伊勢参宮道もよう知らぬ。この舞坂からお伊勢様の近くの湊まで何日かかるかな」

と尋ねてみた。

「そうですね、この季節にしては風具合がいい」

と助左衛門が店の中に招き入れ、

「おい、だれか茶を淹《い》れてくれ」

と奥に怒鳴った。

「赤目様、あれだけ独り稽古を為されれば、喉も渇きましょうな」

と言った。

そのとき、独り稽古を見ていたのは遠江屋助左衛門であったかと、小籐次は思った。

その助左衛門が東海道の駿府から伊勢辺りの陸と海を描いた年季ものの絵図面を広げて小籐次に見せた。

「いいですかえ、ただ今赤目様がおられるところが遠州灘の北にある浜名湖湖岸の舞坂湊だ。明日、船は、浜名湖から今切口を抜けて遠州灘に出る。沖合の潮流がよろしきところで西に転進する。東海道を眺められるのは新居、白須賀《しらすか》宿までだ。なにしろ東海道はこのあと海を離れて内陸に向いますからね。

一方、赤目様方が乗った帆船は、この渥美の岬沿いに伊勢の内海の入口を一気に横切って二見浦の傍ら勢田川《せたがわ》の神社湊のどこかに向うことになる。海路で四十里から四十五里と見て下され」

助左衛門の指が示す絵図で小籐次は、駿州から遠州の地形と海路を大まかに理解した。

「舞坂から東海道、伊勢参宮道を辿ればもっと道のりがございましょうな。それを主船頭の判断しだいだが上手《うま》くいけば一日で伊勢近くに着くかもしれない。あるいは途中の風具合潮具合によっては伊良湖《いらご》湊で一泊することになるかもしれません。ですが、次の日には伊勢の神域に辿りついておりますよ」

と助左衛門は言った。

「驚いたな、さように伊勢が近いとは思わなかった」

「船参宮の妙味です」

と答えたとき、お茶が女衆によって供された。

「赤目様は外海を帆船で旅されたことがございますかな」

「水戸藩の所蔵船でな、江戸から常陸の那珂湊まで向ったことがあるな」

「ならば、船には慣れておいでだ」

「わしの先祖は来島水軍と親父に聞かされてきた。だが、陸に上がった河童《かっぱ》同然、小さな大名家の下屋敷の厩番《うまやばん》であった。ゆえに外海には那珂湊以外縁がない」

「水戸様の御用船で船酔いしましたかえ」

「それはなかったな。飯もふだん以上に美味く頂戴し、剣術の稽古なんぞをしているうちに那珂湊に着いておった」

ふっふっふふ

と助左衛門が笑い、

「赤目様、ご先祖の血に感謝なさることだ」

と言った。

「連れの久慈屋の大旦那どのと手代さんはおそらく外海に出るのは初めてであろう。船酔い止めがあると聞いたが、こちらにもござるか」

と小籐次は聞いてみた。

「船酔い止めね、あるにはあります」

「あるにはあるとはどういうことか」

「赤目様だから申し上げます。船酔いはね、気持ちが悪いと思い始めたらもうダメだ。船から陸に上がるのを待つしかございません。だがね、鰯の頭も信心からと申しましょう。うちの薬は船酔いに効くと信じられるお方ならば大丈夫、伊勢の神社湊まで乗り切ることができます。薬の中身がなにかは聞かないで下さい」

助左衛門は紙包みの「船酔い薬」を二つ小籐次にくれた。

茶を馳走になった小籐次が遠江屋を出ると渡し船の乗り場に国三の姿があって、昨夕同じ場所で見かけた抜け参りの子どもたちと話していた。その中に白犬がいた。

「おかげ参りにしてはいささか季節が早いようだな」

おかげ参りが流行るのはおよそ六十年おき、流行は上方からと相場が決まっていた。時節も夏四月に入ってからだ。

「この子たち、なんと江戸から施行に頼ってここまで来たそうです」

国三が言った。
七、八歳から十歳を超えたような男の子らが七人と白犬一匹だ。
「なに、箱根の山を越えてきたか」

一行の中でいちばん背の高い兄貴分が、

「熱海のほうから沼津にぬけた」

と答えた。

「この子たち、大井川の川止め前に金谷宿に渡ってきたそうです。江戸から何日かかったかもよく覚えてないそうです」

「なぜ先に進まぬ」

と小籐次が聞くと、

「渡し船の船頭がシロを乗せないというんだよ」

「そうか、犬は乗せぬというか。どうする気だな」

「どうにもこうにも思案がつかない」

店奉公を来年にも控えたような兄貴分が言った。

「昨晩はどこに泊まった」

「宿外れの寺の床下で寝た」

と答えた。

「飯は食ったか」

「銭がないし、施行も受けられない」

泣きそうな声で仲間の一人が言った。いちばん幼い子は黙り込んだままだ。

「この犬も江戸から連れてきたか」

「違うよ、道中でおれっちについてきたんだよ。もうなん日もいっしょなんだ。

今更放り出せるか」

小籐次は巾着《きんちゃく》から一朱と銭を六、七十文出して、

「めし屋で握り飯を作ってもらえ。それにシロにも餌を与えよ」

と兄貴分に渡した。

わあっ！

と叫んだ子どもたちとシロが舞坂宿の方へと走っていった。

「赤目様、渡し船に乗らずにいく道があるのではございませんか」

小籐次が浜名湖の奥を見た。

「浜名湖もなかなか大きいと聞いた。出来ることならば、あの者たちに遠廻りはさせたくないな」

「どうなさいますか」

「ちと用を思い出した。国三さんは先に旅籠に戻っていなされ」

と言った小籐次は出てきたばかりの遠江屋助左衛門の廻船問屋に戻っていった。

四半刻後、小籐次は旅籠で昌右衛門と話していた。話を聞いた昌右衛門が、

「子どもたちに憐憫をかけなさったか」

と言った。

昌右衛門は、旅籠の部屋から渡し場で子どもたちと話す小籐次や国三を見ていたのだ。

「まあ、そんなところでござる。おかげ参りのはしりの子どもであろう。江戸からこの舞坂に辿りつくのも大変だったはずじゃ。お伊勢参りする資格はもう十分にあると思いませんかな」

「五十四年前、私もあのような形でお伊勢様に向ったのですかな。その折の記憶

は歳月の分、薄れてしまっておりますがな、雨風に当たったり、腹を空かせたりした記憶はございますよ」

と言い、

「遠江屋さんと船参宮の乗り賃を話し合うのを忘れておりました。ちょいと行って参じます」

と昌右衛門が言い出し、部屋から出ていった。

国三が、

「旦那様はどうなされたのでしょう。船参宮の乗り賃ならば、船が姿を見せてからでも遅くはありますまいに」

と呟いた。

三

その日の昼下がりに舞坂湊に姿を見せた船は、江戸と松坂の間を伊勢木綿などを積んで往来する千石船、松坂丸だった。どうも遠江屋が最初に小籐次たちを乗せようとした船とは別の船のようだ。

松坂丸は藍色の帆に「颪」の文字が白地で抜かれていた。なかなか精悍《せいかん》な千石船だった。

国三に教えられて昌右衛門と小籐次が湊に停泊した船を見に行くと、主船頭と思える陽に灼けた男の怒鳴り声が響いていた。

「遠江屋さんよ、お伊勢参りに行くのに子どもと犬が船参宮だって。おれの船は抜け参りの餓鬼や犬は乗せねえ。断わるぜ」

船頭はなかなか頑固そうな男だった。

湊ではこの日舞坂に泊まる客たちや抜け参りの子どもたちが怯《おび》えた顔で船頭を見ていた。

「松坂の廻船問屋から空荷に近いゆえ、伊勢参宮ならば人を乗せても構わないと文を頂戴しているんだがな。龍吉さんよ、おまえさんも空荷で松坂に戻るより参宮客を乗せてさ、いくらかでも稼いだほうがよかろうが」

「遠江屋の旦那、おめえさんも妙なことを言いなさるな。子どもがどうして乗り賃を払えるよ。そんな積み荷をよくも承知したもんだよ」

「そこをなんとか曲げて願えないか」

「どこのどいつだ、遠江屋によ、子どもと犬まで乗せろと頼み込んだ野郎はよ」

勇猛な面構えの船頭はどうも機嫌がよくないらしい。

「江戸の方だがね。おまえさんも江戸はめっぽう詳しいじゃないか。紙問屋の旦那と供二人だ」

「おれは紙問屋の旦那なんて知らねえぞ。そやつを連れてこい」

と太い腕を撫《ぶ》した。

昌右衛門が恐縮した顔でそばに立った。

「こちらの旦那だ」

じろりと見た龍吉が、

「お伊勢参りの本筋は歩き通してなんぼのものだぜ、旦那」

と言った。

そのとき、龍吉の視線が昌右衛門の傍らにいる小籐次を捉えて、

「ふむ」

という顔をした。

どこかで見知った顔だと思い出すような表情だった。

「船頭どの、真に相済まぬ。島田宿で川止めに遭って六日も旅が遅れておる。年寄りゆえ急ぐ旅ではない。じゃが、久慈屋の大旦那どのは明和八年のおかげ参り

に行かれたお方でな、こたびはお礼参りの伊勢行きじゃ。われら、船中迷惑をかけぬように致す。なんとか乗せてはくれぬか」

「お、おめえさんは、もしや酔いどれ小籐次様じゃねえか。いつか芝口橋で研ぎ仕事をしていなさるのを見かけたことがある」

「いかにも赤目小籐次にござる。そして、こちらの旦那が久慈屋の主だ」

主船頭の龍吉が、
わああっ！

と叫んだ。

「遠江屋の旦那、なぜ先に酔いどれ小籐次様が乗客だといわねえ」

「だっておまえさんは、端《はな》っからわっしの話も聞かずに子どもがどうの、犬がどうのと怒鳴りっ放しで、なにも説明させないじゃないか」

「魂消たぜ。天下の酔いどれ小籐次様が乗客なら、おりゃ、最初から怒鳴り声なんぞ上げなかったんだよ。江戸の人間が酔いどれ様にどれほど助けられているか、遠江屋の旦那は承知か。一昨年なんぞ六百両もの大金を御救小屋に寄進なさったお方だぞ。いや、それればかりじゃねえ、主君の殿様が城中で恥をかかされたてんで、わずか一人でよ、西国の大名の行列に踏み込んで大名家の顔のよ、御鑓を切り落としなさった、それも四家の大名行列を次々にだ。そんな忠義の士がこのご時世にいるか。いや、そればかりじゃねえぞ」

舞坂湊に龍吉主船頭の、こんどは酔いどれ小籐次の勲しを次々に挙げる大声が響いた。

「主船頭どの、もうわしのことはよい。そなたの船に乗せて頂けるのであろうか」

「赤目様よ、おめえさんの頼みを断わったとあっちゃ、おりゃ、次に江戸に行ったとき、江戸の方々に総好かんを食うのは間違いねえ。おれのほうから頼む、伊勢だろうがどこだろうがお連れするぜ」

「ありがたい」

と小籐次が一礼し、

「真に頼み難いがこの子ども衆と犬一匹相客としてくれぬか」

「皆までいうな。おれの帆柱の上によ、『酔いどれ小籐次様ご一行船参宮』の幟《のぼり》を立てて遠州灘を突っ切るぜ、任せておきな」

龍吉主船頭は機嫌が途端に直ったか、注文を付けた。

「おい、遠江屋の旦那、酔いどれ様と異名をとるくらいだ、四斗樽は用意してあるんだろうな」

「抜かりはないよ。久慈屋の旦那がおまえさん方にとよ、過分な乗り賃と四斗樽を積み込む手配ができていらぁ」

「よし、明日の引き潮時分に今切口を突っ切って遠州灘に出るぜ。そやつら餓鬼どもと犬は、今のうちからさっさと乗せな」

と龍吉主船頭が許しを与えて、
わあっ!

と歓声を上げた子どもたちが舟板を駆けあがって最後にシロが従った。

翌朝、日の出とともに龍吉主船頭の松坂丸は、舞坂湊を離れ、遠州灘と浜名湖を結ぶ狭い今切口を鮮やかに乗り切ると外海に出た。

遠州灘の東の空が朝焼けに薄く染められて、海は荒れてはいなかった。

昨日、船に泊まることを許された子どもたちは水夫《かこ》たちといっしょに夕餉を食し、船倉の一隅で眠り込んでいた。

江戸からの道中でちゃんと寝ることも食うこともできなかったとみえて、出船も知らずに眠り込んでいる。

船酔い薬を飲んだ昌右衛門と国三も船倉に引っ込んだままだ。だが、小籐次は舳先に小さな体を屹立《きつりつ》させて東の空が段々と赤く染まる光景を見ていた。

小籐次がふと三十五反《たん》を見上げると帆柱の頂きに白い布で、

「酔いどれ小籐次様御座船」

と書かれた幟が翩翻《へんぽん》と潮風にはためいていた。

「わしは従者じゃがのう」

小籐次は艫《とも》で操船する龍吉に叫んだ。

「おれにとっちゃ金主の久慈屋の旦那よりなんぼか酔いどれ小籐次様が大事なんだよ。どこのだれがなんと言おうと、この松坂丸は酔いどれ様の借り切りだ」

龍吉主船頭はがんとして言い張った。

小籐次が艫に歩いていくと、

「酔いどれ様は来島水軍の末裔《まつえい》だってな、船には強いわけだ」

と言い、艫矢倉《ともやぐら》に上がれと言った。

舵柄《かじづか》の突き出た操舵場からの遠州灘の眺めは、豪快にして爽快だった。

「とはいえわしは江戸生まれ、小名の下屋敷の厩番であった。ゆえに外海はよう知らぬ」

「遠州灘はこの龍吉に任せておけ。おれの松坂丸に船足で勝る船は、おらんでな」

と龍吉が自慢した。

「ところで酔いどれ様、船参宮のことをよく承知か」

「承知もなにも旅に出て聞かされたところだ。まったく知らぬに等しい」

「ならば天下の酔いどれ様相手に講釈を垂れようか」

と前置きした龍吉が、

「晩春の三月になるとな、西北の風がぴたりと止むのだ。それを待ち構えていたように遠州道者が掛け声も勇ましく数艘《そう》の船団を組んで海を渡り、伊勢の勢田川を漕ぎ上がってくるんだよ。中には川をさらに遡って二軒茶屋にどんどこさんを満載にして乗り付ける船もある。さて、神社湊には馴染みの女衆が得意さんを迎えにでるのさ。四月になると波風の荒い遠州灘をおれたちのように帆に風をはらんで突っ走ってくる。むろんこの船ほど大きくないが、外海を走る三丁櫓、四丁櫓を備えた帆船だ。そんな風に気の早い遠州を皮切りに尾張、知多、北伊勢からも伊勢参りの道者船がやってくる。中には遠く伊豆、三浦の岬から繰り出す船もいる、締めくくりに田植えを済ませた三河道者の道者船だ」

と小籐次に説明してくれた。どんどこさんとは船で伊勢参りに来た連中のことだ。

「ほう、豆州や相州からも船参宮は来られるか」

と小籐次が驚いた。

そのとき、背後からバタバタと帆の音を立てて迫りくる帆船の気配を感じて、小籐次は後ろを見た。

半里ほど後に白地の帆を広げた千石船が松坂丸に急速に迫ってきていた。

千石船からは妖気が漂い、船体から水しぶきが上がって尋常の速さではなかった。

「親方、妙じゃ」

舵柄を握る若い衆が龍吉主船頭に声をかけた。

「なんだ、小三郎」

「大湊の二見丸が追ってくるぞ」

「松五郎船頭の船だと」

とようやく後ろを振り向いた龍吉が、

ごくり

と唾を呑み込んだ。

「どうした、二見丸め。疾風《はやて》を食らったみてえに突っ走ってやがるな。この速さは尋常じゃねえぞ」

二見丸は一気に松坂丸との差を詰め、すでに十丁余り後方に接近していた。

小籐次は二見丸の帆柱に黒色の幟が御幣のようにはためいているのを見た。そして、舳先に白衣に身を包んだ黒巫女、神路院《じんろいん》すさめの姿を見た。

「小三郎、風を捉えてうちも突っ走るぞ。松五郎船頭の二見丸なんぞに負けて堪《たま》るか」

と龍吉が命じた。

「船頭どの、あの船と競うてはならぬ。間合いを空けたほうがいい」

「酔いどれ様、船上ではおれが長《おさ》だ」

龍吉が怒鳴り返した。

「さようなことは重々承知だ。見よ、舳先に女が乗っていよう。二見丸は黒巫女の神路院すさめに操られている。競い合えば、松坂丸に災禍が及ぶぞ」

「なに、黒巫女の神路院すさめを、酔いどれ様は承知か」

「ああ、島田宿の川止めでな、わしの前から逃げ果せた女子《おなご》よ」

しばし沈思していた龍吉主船頭が、

「小三郎、陸に寄れ」

と進路を変えさせ、二見丸が発する妖気から船を遠ざけた。

小籐次は艫矢倉から下りると、斜め後方に迫った二見丸を眺めながら、次直の鯉口を切った。

二見丸の舳先に立つ神路院すさめが黒御幣を翳して、右へ左へゆっくりと振っていた。その黒御幣に引きずられるように二見丸は、遠州灘を西へ西へと突っ走っていた。

二丁の海を挟んで二見丸が松坂丸と並走した。

舳先の黒御幣が小籐次に向けて振られた。

妖気が波間を渡って小籐次に押し寄せた。

次の瞬間、小籐次の腰間から抜かれた次直が朝の光を受けて煌《きら》めき、黒御幣が発する妖気を両断した。

二見丸は再び船足を上げ、松坂丸を後ろに残してみるみるうちに遠ざかって姿を消した。

小籐次が次直を鞘に納めた。

「ふうっ」

と大きな息が近くでした。

振り向くと昌右衛門が立っていた。

「船酔いに見舞われたか」

「最前まで気分が悪く、潮風に当たればと胴の間に出てみると、赤目様が刀を抜かれてなにかを斬り分けられた。途端、気分がよくなりました」

と言った。

「一体なにが起こったのでございますな」

と昌右衛門が尋ねた。そこへ松坂丸の進路をもとに戻した主船頭の龍吉がやってきて、

「酔いどれ様、助かった」

と礼を述べた。そして、

「島田宿でなにがあった」

と聞いた。

小籐次は川止めの島田宿で起こったことを詳しく告げた。

「なに、中本陣で賭場を開いて、博奕に負けた三人が流れに飛び込んだり首を括

ったりして死んだか。そりゃ、神路院すさめの仕業だな」

「主船頭どの、神路院すさめとは何者か」

「噂には聞いていたが、おれも見たのは初めてだ。なんでも妖術に長《た》けた女子だそうな」

「東海道に出没する京生まれの女子じゃな」

「神路院の姓だがな、京の出じゃねえ、伊勢の女だという者もいるぜ」

「ほう、伊勢の女子な」

「あいつの導きでおかげ参りが始まるというが、真かどうかおれは知らねえ。赤目様よ、二見丸は、どうなる」

「こたびのことはわしを恨みに思うてのことかと思う。二見丸を使い、この松坂丸で船参宮に行くわしに警告を発したか、あるいは妖術で懲らしめようとしたか、あの女子の狙いはこの赤目小籐次じゃ。ゆえに使い道がなくなれば、二見丸はどこぞに解き放たれよう」

　と答えた小籐次だが、なんとなく嫌な感じがした。

　いつしか風が弱くなっていた。ために松坂丸の船足も落ちてきた。

この日、舞坂湊を発った松坂丸は、渥美岬の陸路を見ながらゆっくりした船足で、七つ前に伊良湖岬を廻り込んで湊に入り、帆を休めることにした。

龍吉主船頭は、湊に二見丸の姿を探したがどこにも見当たらなかった。

「一気に伊勢の内海に突っ込んだかね、酔いどれ様」

「なんとも答えようがないな。二見丸は大湊の船というたな、無事に戻っておればよいがな」

龍吉の問いに小籐次は答えた。

伊良湖の浜に上陸を許された小籐次らは犬のシロに小便やら糞をさせて、自分たちも船旅で萎《な》えた足を動かした。

舞坂から伊良湖湊まで子どもたちもシロも船倉でずっと横になっていたという。

「船酔いはしなかったか」

「酔いどれ様、国三さんのほうが船酔いしたぞ」

子どもたちの兄貴分の三吉が言った。

「船酔い止めの効き目はなしかな、国三さんや」

「あれは効きません。子どもたちはこれまで屋根の下で寝てなかったのか、だれもがぐっすりですよ。シロも大人しいものです」

と苦笑いした。

「昌右衛門どのはどうですな」

「船酔いには薬より赤目小籐次様の一撃が効きます」

こちらは船酔いを克服したような顔付きだ。

「三吉兄ちゃん、腹が空いた」

抜け参りの一行でいちばん幼い七つの勉次が言い出した。朝からだれも何も食していなかった。三吉と勉次は兄弟だという。

松坂丸では炊《かし》きの角吉爺さんが夕餉の仕度をしていた。

「よし、三吉、私たちも夕餉の仕度を手伝いますよ」

来年には奉公に出なければならないという三吉といっしょに国三が松坂丸に戻っていった。

「昌右衛門どの、明日は内海ゆえ船も揺れますまい。二見浦までいくつもの美しい島があると舞坂の廻船問屋の遠江屋助左衛門どのが絵図面で教えてくれました。二刻（四時間）もあれば着くようです」

「となりますと明後日にはお伊勢様ですね」

「いよいよお伊勢様の神域に参りましたな」

小籐次と昌右衛門は、抜け参りの子どもたちとシロの様子を見ながら話し合った。

日吉山王大権現裏の実家北村邸を訪ねていたおりょうを迎えにいった駿太郎は、北村の祖父と祖母に挨拶して、母といっしょに溜池へと下っていった。

「母上、祖父上《じじうえ》様と祖母上《ばばうえ》様のご機嫌はどうでしたか」

「娘が訪ねて機嫌が悪いわけはないですよ。こんど亭主どのが伊勢参りから戻って来たら、いっしょにゆっくりと時を作って訪ねてきなさいですって」

「そう仰いましたか。父上はどうしておられましょうね」

「父上のことです。あれこれと難儀に巻き込まれておられましょうが、旅を楽しんでおられるのは間違いございませんよ」

「今日辺り昌右衛門様の文が届いているかもしれませんね」

「ならば久慈屋さんに急ぎましょうか」

おりょうは駿太郎より先に立った。

「母上、智永さんが甘味を待ってますよ」

「大丈夫、母上が麴町のつのだ屋の落雁《らくがん》を持たせてくれました」

「落雁か、大好きです」

「おやおや、智永さんではなく駿太郎が好きなのですか」

親子は言い合いながら溜池の船着場に舫った小舟に乗り、芝口橋の久慈屋に向った。

芝口橋に着いたとき、船着場に若旦那の浩介がいて、

「おりょう様、駿太郎さん、どうやら島田宿から大井川を渡ることが出来たようですよ。舅から文がきました」

と二人に知らせてくれた。

「ようございましたね、これで少しお伊勢様に近付きましたか」

とおりょうが応じた。

「浩介さん、わが亭主どののから文はございませんか」

「赤目様は剣術も研ぎも一流にございますが、文を書くことはあまりお好きではないようですね」

浩介が気の毒そうにおりょうを見ると、

「致し方ありません、亭主どのが無事に戻ってくるのを待ちましょう」

とおりょうは答えた。

# 四

伊良湖の湊で一夜を明かした松坂丸は、明け六つ（午前六時）前に碇《いかり》を上げ、帆を張って出船した。

昨日に続き、天候は晴れ、伊勢の内海の入口は穏やかだった。

松坂丸は横風を受けながら伊勢を目指した。

本日は、乗り組んだ昌右衛門以下全員が帆を広げた胴の間に集まっていた。朝方、三吉たちに連れられて船を下り、散歩と小便を済ませたシロまでが胴の間の一員だ。

「よいな、水夫さん方の仕事の邪魔をしてはなりませんよ」

すっかり抜け参りの子ども七人と犬の兄貴分になった気分の国三が注意した。

一同はすでに朝餉は湊で食し終えていた。

伊良湖岬を横目に見ながら出船した松坂丸の北には三河の内海が広がり、島が点在しているのが見えた。

「酔いどれ様、外海を走るような帆船の大半が大湊で造られるのを承知か」

と操舵場から龍吉主船頭が小籐次に声をかけた。

「ほう、大湊は造船が盛んか」

「盛んどころじゃない、西国と蝦夷《えぞ》を除いて大半の帆船は大湊で建造されたのよ、この松坂丸も二見丸もそうだ。大湊の造船業は、神功皇后が新羅《しらぎ》に出兵する軍船を造ったというから千年以上も前からのことだ。ただ今の得意先は、勢州、尾州、三州、阿州、讃州、摂州、豆州、武州と手広いぞ。それもな、千石船ばかりじゃねえ、千七、八百石の大船も建造する」

と自慢した。

「船参宮が盛んなわけじゃ」

松坂丸は、舳先を南西に向け伊勢の二見浦を目指して順調に航海を続けていく。さほど時を経ないとき、小籐次は行く手の海上に妖しげな気が流れているのを見た。

島影が見えた。

その小島を妖気が包んでいた。

「龍吉どの、あの島はいつもあのような妖気を漂わせておるか」

「とんでもねえ。神島は伊勢の内海の入口の守りのように船乗りの目印になる島だ。無人島ではないぞ、漁を生業にする人々が暮らす島だ。おれはこんな妖気に包まれた神島を初めて見た。雲一つない晴れだというのに湊がおぼろにしか見えねえ」

伊勢の内海の入口を守る神島は文字どおり神の住む島だ。古くは歌島、亀島《かじま》、甕島と呼ばれていた。島の周囲はおよそ一里、島の高台に御燈明堂があって、船の安全を見守っていた。

龍吉の声は怯えていた。

「赤目様、どうしたものだ」

龍吉が小籐次に妖気のもとを確かめるべきかどうか尋ねた。二人とも昨日松坂丸を追い抜いていった松五郎船頭の二見丸を案じていた。

「龍吉どの、少しばかり神島によってくれぬか」

「よかろう」

操舵場と胴の間で話が決まった。

「舳先を神島に向けろ」

龍吉の確固とした命が下り、松坂丸は進路を少し南に向けた。

「神島には漁師の他にだれが住んでござるな」

小篠次の問いに龍吉主船頭が、

「島には船参宮の船も立ち寄るまい。島の人間の他にいつもは鷹《サシバ》が島の上空を飛んでおるが、今朝は一羽も姿を見せぬな」

松坂丸はゆっくりと神島に近付いていった。

小篠次は松坂丸の舳先に上ると、腰の次直の鯉口を切った。

「伊勢の天照大御神、豊受大御神、われらが松坂丸の安全を願い奉る」

と乞うた小篠次は次直を渾身《こんしん》の力で一気に抜き上げ、行く手に立ち塞がる妖気を断ち切った。すると妖気が段々に薄れていった。

「ああ」

操舵場から遠眼鏡で確かめていた龍吉主船頭が悲鳴を上げた。

「神島の沖合の岩場に船がぶつかっておるぞ。二見丸のようじゃ」

妖気が消えた神島の湊から漁師舟が何艘か姿を見せた。

岩場に船腹をさらして砕けているのは大湊の二見丸だった。

「おーい、島の人よ。船が岩場にぶつかったのはいつのことだ」

龍吉主船頭が島の漁師に尋ねた。

「龍吉さんよ、夜明け前、漁に出ようとしたら海は凪《なぎ》なのによ、妖しげな靄《もや》がかかっているから海に出るのを控えたのよ。わしらも今初めて岩場にぶつかった船を見たのだ。どこの船だ」

「大湊の二見丸だ、船頭は松五郎さんだ」

「大湊ならもっと北を走ろうものを、なぜ神島にきた」

「ちいとわけがある」

と答えた龍吉が水夫らに、

「生きている者はいないか調べろ」

と命じた。

岩場から離れて碇を水中に投じた松坂丸から伝馬舟《てんまぶね》が下ろされ、水夫たちが岩場に砕けた二見丸と思える船の残骸を島の漁師といっしょに捜索した。しばらくして伝馬舟の水夫が松坂丸を見て叫んだ。

「炊きの梅吉爺さんを見つけたぞ」

「生きておるか」

「いや、ダメだ」

捜索は半刻ほど続けられ三人の亡骸《なきがら》を見つけていったん終了した。

「島の人よ、この三人の骸《むくろ》、おれらが大湊に届けていいな。大湊から本式に二見丸がなぜこんな岩場にぶつかったか、調べにこよう」

「龍吉さん、頼もう」

と話が決まって、三人の二見丸の水夫の骸が松坂丸の胴の間に敷かれた筵の上に横たえられた。

「よし、舵方、船を出せ」

龍吉の命で松坂丸は本来の伊勢の内海を渡る航路へと戻った。

子どもたちは骸が三体乗せられた胴の間の隅に集まって、恐ろし気な顔をしていた。国三が子どもたちとシロを見守っている。

小籐次と昌右衛門のいるところに主船頭の龍吉がきた。

「やはり二見丸は黒巫女の神路院すさめに操られていたようだな」

「二見丸には何人乗っていたな」

「松五郎船頭以下八、九人は乗っていよう。黒巫女も死んだか」

「いや、生きておる。なによりの証しはあの妖しげな靄よ。あの女はわれらにこの所業を見せるために引き寄せたのであろう」

「なんということか」

龍吉が絶句し、視線を小籐次に向けた。

「赤目様、あやつはどこへ行きおったな」

「わしが行く伊勢に待っていよう」

「島田宿の恨みを晴らさんとしておりますか」

と昌右衛門が小籐次に聞いた。

「それしか考えられぬ」

と答えた小籐次が、

「龍吉どの、大湊に向うな」

「おう、船頭仲間だから、まず大湊に知らせて骸を引き渡すよ」

「ならば、私どもは大湊で下ろしてもらいましょうか」

と昌右衛門が願った。


二刻後の昼時分、昌右衛門一行と抜け参りの子どもたちは五十鈴川河口にいて、禊《みそぎ》をしていた。

上方と東国から来た伊勢参りの信徒は宮川で、船参宮の人びとは勢田川で禊をして、伊勢の外宮に参るのだ。

龍吉船頭の松坂丸と別れた一行は、五十鈴川と勢田川が合流する河口で習わしに従い、水に浸かって穢《けが》れを落とした。

「五十鈴川　源ヲ神路《かみじ》、島路《しまじ》ノ二山ヨリ発シ皇太神ノ南西ニ至リ合流シテ内海ニ入ル」

と『伊勢名勝志』にある五十鈴川は、一名御裳濯川《みもすそがわ》、宇治川とも呼ばれる、長さわずか五里余りの清流だ。

昌右衛門ら三人は、五十鈴川の流れで身を浄め、国三が負ってきた白衣を重ねて着た。

「赤目様、思い出したことがございます」

小籐次が昌右衛門を見た。

「あの妖しげな女ですが、神路院すさめという名だそうですね。ひょっとしたらこの五十鈴川に関わりがある女子かもしれませんぞ」

「ほう、またどうしてですな」

「この流れの源は、伊勢神宮の神域、神路山と島路山の石清水《いわしみず》です。二つの流れが合流して五十鈴川と名を変えるのです。すさめなる女子、さすがに神路院《かみじいん》とは名乗れず、神路院《じんろいん》と読み替えておるのではございますまいか」

「なんとこの流れはさような神域の二山から発するか。すさめの姓、いかにもさようかと思えるな」

「あの女子、執念深く赤目様を狙いますかな」

「まず間違いなかろう」

と答えた小籐次は、

「昌右衛門どの、この五十鈴川河口から外宮にはどれほどの道のりがござるかな」

「最前、大湊の方に尋ねますと外宮まで一里、さらに内宮まで一里半だそうでございます」

「ということは本日じゅうに伊勢神宮へ参宮ができますな」

「本日は外宮を参り、内宮は明日早朝にしてもようございましょう。無理せずとも私ども島田宿の川止めの日にちを船参宮で一気に取り戻しましたからな」

子どもたちも参宮犬のシロも五十鈴川で穢れを払い、元気を取り戻していた。

「さあ、外宮に参りますぞ」

「外宮ってお伊勢様のことか」

と三吉が昌右衛門に聞いた。

「三吉、そなた、さような言葉遣いでは奉公先をしくじることになりますよ。お伊勢様のことですか、と丁寧に尋ねなさい」

　国三が三吉に注意した。

「旦那、さま。外宮はお伊勢様のことですか」

「三吉さん、いかにもさようです。お伊勢様は外宮と内宮の二つからなっております。まず一里先の外宮を目指しますよ」

一行は抜け参りの三吉ら七人に参宮犬のシロを加えて、五十鈴川と合流した勢田川沿いに参宮道を辿って外宮へと向った。

「昌右衛門どの、いよいよ参りましたな」

旅衣に白衣を羽織った小籐次は気持ちも清々しくなり、昌右衛門に声をかけた。

「参りました」

　しばらく沈黙して歩いていた昌右衛門が、

「外宮内宮とお参りしたあと、赤目様にお願いすることがあろうかと存じます」

「それがしはそのためにお伊勢参りに連れてきていただいたと、江戸を発つときから考えており申した。なんなりと命じて下され」

　子どもたちとシロは国三に引率されて二人の前を歩いていた。

「明和八年のおかげ参りの折のことです。私は親父の言葉に従い、久慈屋出入りの御師の彦田伊右衛門大夫に会いました。その彦田大夫が私を一人の女人に会わせる手はずを整えてくれました」

「その昔、久慈屋さんに奉公していたお円さんですな」

「はい」

旅の道中、昌右衛門が何度も話しかけては、途中で中断していた。その繰り返しを二人は確かめ合った。

「昌右衛門どの、いえ、当時は昌太郎さんでしたか、お円さんに会われたか」

「会いました」

とだけ言った。また沈黙が続いた。

「お円さんはどのような女人でしたか」

「初めて会った女人です。今考えれば二十五、六の齢だと思えます。私にはなんとも美しい女人と思えました。私が親父から預かった文はそれなりにぶ厚く、為替が入っていると親父から教えられておりました」

先代の久慈屋は、昔奉公していた女人に為替で、それなりの金子を渡そうとしたというのだ。

「お円さんは受け取られたのか」

「いえ、それより私のことを気にかけていました」

「江戸の分限者《ぶげんしゃ》の倅どのがおかげ参りで伊勢まで来たのじゃからな」

「はい」

「会ったのは一度だけであろうか」

「はい。あのときから五十数年の歳月が過ぎております。もはや亡くなっておりましょうな」

「昌右衛門どのはそのことを確かめに伊勢に参られたか」

小籐次の問いに昌右衛門が、こくりと頷いた。

「尋ねてようござるかな」

しばし間があって、なんなりと、と昌右衛門は答えた。

「昌右衛門どのの父御とお円さんは、情けを交わした関わりでござったか」

「赤目様、むろんその折は承知していませんでした。ですが、今考えればそのほうが親父の行いに得心がいきます」

昌右衛門の返事までにはしばし間があったが、その代わり確信があった。

「先代はよほどお円さんを想っておいでだったのだな」

昌右衛門は、うんうんと首肯《しゅこう》した。

「もし存命ならば、昌右衛門どの、五十数年ぶりにお会いして忌憚《きたん》のないお話をなさるとよろしい。もはやお互いそんな齢になっておろう。じゃが、お円さんが身罷《みまか》っておられたならば、お墓参りをしてはいかがかな」

昌右衛門が小籐次の顔を見て、

「そうする心算で伊勢に参りました」

と言った。

外宮豊受大神宮に一行が到着したのは八つ半の刻限だった。

かつて伊勢神宮は犬を「穢れ」があるとして寄せ付けなかった。だが、昌右衛門がおかげ参りをした明和八年四月十六日昼ごろ、一匹の犬が伊勢参りをしたことで、禁忌は緩やかなものになった。

抜け参りの三吉たちと参宮犬シロも正宮《しょうぐう》の南御門の外まで立ち入って拝礼することが許された。

昌右衛門は格別に願い、小籐次と二人連れで御正殿《ごしょうでん》にお参りした。むろんそれなりの寄進があってのことだ。

二人にお祓いをなした神官が小籐次の顔をしげしげと眺め、

「そなたには多くの厄がついておるように見受けるが」

と言った。

「いかにもそれがしの五体、穢れがござろう。こちらに立ち入るべきではなかったか」

「そなたの名は」

「赤目小籐次と申す」

なんと、と呟いた神官が、

「そなたの刀、お浄《きよ》め致そうか」

「願えますか」

「その刀を浄めるのはわれらの務めであり、光栄でもあるな」

格別にお祓いをしてくれた。

「神官どの、それがしの虚名を承知ゆえお祓いをなしてくだされたか」

「いや、そなたの所業、噂にしか存ぜぬ。されど不思議なことにそなたの顔には、少しの穢れも感じぬ。じゃが、差し料はそなたが懲らしめた悪人どもの怨念に染まって見えたでな」

二人が南御門より出てくると国三ひとりが待っていた。

「子どもたちはどうした」

「三吉は、昌右衛門様や小籐次様に礼を言ってくれ、これからはおれたちだけで抜け参りをする、と申していました」

「内宮まではいっしょかと思ったがな」

「旦那様、伊勢でなんぞあれば御師の彦田大夫の古市《ふるいち》の宿に顔を出しなされと、勝手ながら教えました」

「そなたはあの子どもたちに情が移りましたか」

「勝手なことを致しましたか」

国三が昌右衛門に詫びようとした。

「いえ、賢明な行いと思います。私は三吉らを見て、忘れていたおかげ参りの光景が蘇りましたでな」

と昌右衛門がしみじみと呟いた。

「私にはとても抜け参りはできません。それにしても五十数年前、旦那様が三吉らと同じように抜け参りをしたとは、道中も信じられませんでした」

「そなたはすでに分別がついている。三吉や五十数年前の私には、伊勢がどこか、お伊勢参りがどのようなことか分らず、ただ仲間に従っただけなのです」

小籐次は昌右衛門の言葉を、

「ただ仲間に従っただけではない。運命《さだめ》に従ったのだ」

と聞き替えて、受け止めていた。

「赤目様、内宮はやはり明日に致しましょうか。私どもは外宮と内宮の間にある古市の御師彦田伊右衛門大夫の彦田屋に参ります」

昌右衛門は今宵の宿に向うと告げた。

# 第四章　内宮参拝

一

久慈屋昌右衛門、赤目小籐次、そして国三の三人は、外宮から一里半先の内宮へとゆったりとした足取りで向った。

三人は今晩、古市宿にある御師彦田伊右衛門大夫が代々経営する旅籠彦田屋に投宿し、明早朝に五十鈴川に架かる宇治橋を渡って神々が鎮座する内宮の森に向う予定だった。

一行は勢田川に架かる御贄橋《おんべばし》（小田橋《おだのはし》）を渡り古市参宮街道を進んでいった。

昌右衛門は右左の町並みを見ながら歩を進めていた。

この内宮を前にした古市は、伊勢国最大の歓楽街でもあった。遊女を抱えた六十数軒の妓楼が軒を連ねていた。

だが、昌右衛門は全く覚えがないような顔付きだった。

それでも久慈屋と百年以上もの関わりがある御師彦田伊右衛門大夫の旅籠彦田屋を探し当てた。古市の町並みの中でも南に位置し、総二階の立派な構えだった。

「ご免下され」

と昌右衛門が暖簾《のれん》を分けて玄関に入ると、

「はい」

番頭風の男衆が昌右衛門ら三人の値踏みをするように見た。二階からは伊勢音頭の囃子《はやし》の調べが賑やかに伝わってきた。

「伊勢へ七たび　熊野へ三たび　愛宕《あたご》さまへは　月参り
ヤートコセーノヨイヤナ　アララ　コレワイセ　コノヨイトコイセー」

すでに伊勢参りを済ませた道者たちが俗世間に戻り、精進落としとして酒に酔い食らい、遊びに興じる歌声だった。

「どちらさんでございますな」

番頭の眼差しは昌右衛門から小籐次に移っていた。

「江戸は芝口橋の紙問屋久慈屋の主昌右衛門の一行です」

国三がいささかその眼差しに反感を覚えたか、切り口上で言った。

「えっ、江戸の久慈屋の大旦那様で。知らせを下さればお迎えに参じましたものを」

と番頭が狼狽し、

「手前どもの主から久慈屋さんの到来は伺っておりましたが、まさか今日とは。ちょいとお待ちを」

と慌てて奥へ引っ込んだ。

帳場座敷から彦田伊右衛門大夫である、彦田屋の宿主が飛びだしてきた。

「おお、久慈屋の大旦那さん、ようお出でになりました」

と挨拶する当代は三十を一つ二つ過ぎた年齢か。

昌右衛門が訝しげな顔をした。どうやら初対面のようだと、小籐次も国三も考えた。

「静かな部屋がよろしいと文を頂戴しております。庭の離れ屋に部屋が用意してございます」

女衆たちが濯《すす》ぎ水を運んできた。

「久慈屋の大旦那さん、手前は初めてお目にかかります。と、申しますのも先代がこの年明けに中気で倒れましてな、病の床についておりますので。そんなわけで未だ江戸の檀那さん方に挨拶も済んでおりません」

濯ぎを使う昌右衛門に当代の彦田大夫が言い訳した。

「なに、私の知る大夫さんが中気で倒れなさったか。で、具合はどんなです」

「お蔭様で医師の手当てがよかったか、左の手足が不自由なくらいで、なんとか静養しております」

「当代さん、お見舞いはできようか」

「久慈屋の大旦那さんが伊勢に五十数年ぶりにお出でになるというので、お会いするのを楽しみにしておりました。明日にも親父との面会を願います」

「お願い申します」

三人が通されたのは参道から一番遠くの離れ屋で、障子を開けると夕暮れの伊勢神宮神領の田畑が広がり、朝熊山《あさまやま》が夕靄に霞んでみえた。

三人は直ぐに湯屋に案内された。案内したのは最前の番頭だ。

「大変でしたな、先代さんが倒れなさって」

「はい、まあ、不幸中の幸いは若旦那がしっかりしておられ、直ぐに大夫を継がれましたので、こちらに不都合はございません。けれど江戸の檀那衆に挨拶が終わっておりませんでな、無調法なことです」

と当代と同じ言い訳をした。

「番頭さんはいつからこの彦田屋にお勤めですな」

湯屋の脱衣場に入った昌右衛門が聞いた。

「かれこれ四十数年でございましょうか」

「ということは明和八年のおかげ参りはご存じない」

「存じません。近ごろ古市で次のおかげ参りがくるころやと噂が流れております。久慈屋の大旦那様は明和のおかげ参りに参られたそうですな」

小籐次と国三は、脱衣場で旅衣も脱がずに話が終わるのを待っていた。

「明和八年のおかげ参りは、先々代の彦田大夫が務めておられましたな」

と昌右衛門が念を押し、

「手前もそう聞いております」

と番頭が応じた。

「とは申せ、八歳でしたからな、なにもかにも記憶が曖昧ではっきりしませんのじゃ」

「無理はございませんよ、五十数年前のことです。先代は先々代から明和のおかげ参りについて聞かされておるそうですから、お二人で話し合えば思い出すこともございましょう」

と言い残した番頭が最後に、

「私、米蔵と申します、なんなりとお申し付け下さい」

と名乗って湯屋から姿を消した。

かかり湯を使った三人は離れ屋の檜《ひのき》の湯船に身を浸した。

「とうとう伊勢に参りましたな」

昌右衛門がしみじみとした口調で、外宮に向う際の小籐次と同じ言葉を繰り返した。

「大旦那どの、明朝、内宮に参ると、これで伊勢参りを果たしたことになりますな」

「いえ、それが伊勢神宮とは、内宮と外宮の他に別宮《べつぐう》、摂社、末社、所管社を合わせた百二十五社の総称でございましてな、内宮、外宮だけではすべてを参拝したとはいえますまい。けれど、赤目様や私のような並みの道者は、内宮外宮の二つの神宮様を参れば、よしと致しましょうか」

うんうん、と小籐次が頷いた。

「伊勢音頭の文句に、『伊勢に参らば　朝熊《あさま》をかけよ　朝熊かけねば　片参宮』、というのがございますでな、朝熊山の金剛證寺《こんごうしょうじ》に参っていかれるお方がございます。内宮から一里ちょっとだそうですから、私どもも神宮鎮護の霊場金剛證寺には参っていきましょうかな」

昌右衛門は五十数年ぶりのお伊勢参りにあたり、あれこれと調べた上であることが小籐次にも分った。

「いや、島田宿の川止めではお伊勢参りはダメかと諦めかけました。それもこれも赤目様のお力で船参宮に辿りつき、なんと舞坂から二日にして伊勢古市の彦田屋の湯に浸かっております」

「いえ、これもすべて昌右衛門どののご信心とお人柄があってのことでござる」

国三が先に湯船を上がり、

「旦那様、旅の疲れを洗い流させてください」

と願った。

「それがよい」

「赤目様、旦那様が済んだら赤目様ですよ」

「なに、わしまで背中を洗って下さるか。なんとも恐縮じゃな」

昌右衛門が湯船から上がり、国三に背中を糠袋《ぬかぶくろ》で擦《こす》られながら両目を瞑《つむ》って、

「極楽極楽」

と洩らした。そして、

「あの抜け参りの子どもたちはどうしていることやら」

と三吉ら七人の子どもと参宮犬シロのことを気にかけた。

「旦那様はこの旅籠に泊まられたのですね」

「五十数年前の話ですか」

「はい」

「抜け参りの子どもは、喜捨や施行以外に旅籠に泊まることはありません。最前からこの旅籠をほんとうに訪ねたのであろうかと、思い出そうとしていますがな、さっぱり記憶がございません」

と呟いた。

その夜、三人は母屋の賑やかな伊勢音頭を庭越しにかすかに聞きながら、眠り

に就いた。

翌朝、朝靄が漂う五十鈴川に架かる宇治橋の鳥居の前に三人はいた。

『伊勢名勝志』の「神祠」の部冒頭に、

「神宮　宇治五十鈴川上ニ在リ　宮域面積拾弐万六千坪余　天照大神ヲ祀ル」

とある。

宇治橋の長さ五十六間（約百二メートル）、幅四・六間（約八・四メートル）。欄干には十六基の擬宝珠《ぎぼし》が据えられていた。

俗界と聖界をむすぶ橋が宇治橋だ。橋の下には清らかな五十鈴川の流れがあって水面から朝靄を立ち昇らせ、流れに立つ鳥がおぼろに見えた。

三人は鳥居の前で拝礼すると、昌右衛門を先頭に小籐次、国三の順で橋を渡った。

江戸時代、門前町は宇治橋を渡った向こうにも広がっていた。

だが、未だ朝が早いせいか、神域の中の門前町には、三人の他にだれもいなかった。そんな中、小籐次の五感は、

「異変」

を感じ取っていた。

だれかに見詰められていた。

しかし、ここは神域だ。だれであれ、悪さをする者がいるとは思えなかった。

橋を渡り終えた三人は迎えてくれた鳥居の前で一礼し、神苑の玉砂利を踏んで五十鈴川の御手洗場《みたらし》の岸辺に下り立ち、口を漱《すす》ぎ、手を浄めた。さらに内宮の天照大御神と相殿神《あいどのかみ》を祀る正宮の南御門で拝礼した。

そこには一人の若い権禰宜が昌右衛門と小籐次を待ち受け、正宮の中に入れてくれた。すべて御師彦田大夫の手配だ。

国三は、南御門の外で待つことになった。

外宮同様に昌右衛門は内宮でお祓いを受けることにしたのだ。そして、昌右衛門が神官に次直のお祓いを願った。

「なにゆえですかな」

と一人の神官が尋ねた。

「私の供は赤目小籐次というお方でございます」

昌右衛門の一言に、

「あの『御鑓拝借』以来数多の勲しを成し遂げられたお方か」

とその場にある神官たちが驚きの目を小籐次に向けた。

「はい。あの騒ぎ以来、赤目小籐次様には数々の危難が襲いかかって参りました。このお伊勢様参宮の道中でもです。ですが、決して赤目小籐次様から先に刀を振るったことはございません。世のため人のために刀を抜き合わされたのです」

「とは申せ、人を傷つけた覚えがござる。ゆえに平穏を願って振るった剣が血に穢されていることも確かでござろう。昨日、外宮にてもお祓いを受け申した」

小籐次も昌右衛門の言葉に自らの言葉を添えた。

しばし神官たちが沈思していた。

長い沈黙のあと、口を開いたのは一番年長の神官だった。

「赤目小籐次どのは来島水軍流なる剣術を使われるそうな」

「亡き父から教わったものでござる」

「そなた、この場で来島水軍流の一端を披露なされよ。われら、剣技が災いを防ぎ、人の命を守るものと感じたならば、そなたの剣技に合わせてお浄めの祝詞《のりと》を奏そう」

と言い出した。

小籐次はしばし返答に間をおいた。

「拙《つたな》き技前でござるがご披露致す」

白衣の小籐次は次直を手に御正殿に向い、拝礼し祭神に許しを乞うた。

「天照大御神様、相殿神様、来島水軍流正剣十手ご披露奉る、ご照覧あれ」

と願った小籐次は白衣の下の腰帯に次直を差し、一瞬瞑目《めいもく》し、

はっ

と気合いを発すると、次直を鞘から抜いて虚空へと斬り上げた。

だが、小籐次はいつもの動きとは異なり、次直を緩やかに使った。

静かな舞いの如く、刃が動かされ、天照大御神が掌《つかさど》る地を小籐次の剣が守るように閃いていった。

どこからともなく笙《しょう》と笛の音《ね》が小籐次の剣の動きに和された。そして、神官らの口から浄めの祝詞が加わった。

小籐次の剣、笙と笛の調べ、神官の祝詞が三位一体になって伊勢内宮の空気を緩やかに震わせていた。

どれほどの時が過ぎていったか。

昌右衛門には判断がつかなかった。

はっ

と気合いを発した小籐次の手の次直が鞘に納められた。

笙と笛の調べも祝詞の声も絶えた。

小籐次は御正殿に向い、一礼した。

「赤目小籐次どの、そなたの赤心、天照大御神様、ご理解なされた」

と老神官が小籐次に言った。

昌右衛門と小籐次が南御門前に出てくると国三の姿がなかった。思った以上に時が過ぎて彦田屋に戻ったのかと、二人は宇治橋へと向った。

「赤目様」

と昌右衛門が小籐次に呼びかけた。

「お伊勢参り、無事に済みました」

「はい」

「もう一つの用事が残っております。お付き合い下さいますか」

「念押しは無用にござる」

小籐次の返事に頷いた昌右衛門が、

「とはいえ赤目様、もはや二つ目の用も終わったかと存じます」

と言った。

「おや、どうしたことでござろうか」

「お伊勢参りを為されたお方は明和八年のおかげ参りだけで四百万の多きを数えたと申します。ですが、本日のようなお伊勢参拝をなした道者は私の他にございますまい。最前、悠久の流れに身を委《ゆだ》ねたとき、他のことはどうでもよいことのように思えました」

と言った。

二人は宇治橋の前に戻ってきていた。

「昌右衛門どの、この橋は神域と俗世間を結ぶ橋にございましたな」

「いかにもさよう」

「われらが体験したことは天照大御神様の御心《みこころ》に従ったまででござろう。この橋を渡れば、また卑俗な暮らしが待っており申す。聖も俗もありて、この世は成り立っているものと、赤目小籐次考えまする。昌右衛門どの、心おきなく伊勢で為すべきことを成し遂げなされ」

小籐次の言葉に返事をしようとした昌右衛門は、国三が宇治橋の真ん中で流れを見下ろしている姿に目をとめた。

「国三はなにをしておりますかな」

「さあて」

と二人が橋を渡っていくと五十鈴川の流れに大勢の子どもたちがいて、

「お浄め、お浄め、身代わりじゃ！」

と橋上に呼びかけていた。

「国三、なんですね。あの子どもたちは」

ああ、旦那様、と振り向いた国三が、

「五十鈴川の清水で身を浄める代わりを為してくれるのです。その礼金として、何文か子どもたちに投げ渡すのです。昼の刻限を過ぎると大変な騒ぎになるそうですよ」

と説明して、

「旦那様、赤目様、昨日までいっしょだった三吉たちもおりましょう。三吉はこの場で帰りの路銀をなにがしか稼いで、仲間六人とシロを、なんとしても江戸に連れ帰るというております。あいつ、なかなかの根性の持ち主です」

と言い添えた。

「昌右衛門どの、三吉の逞《たくま》しい行いこそ見習うべきものです」

「いかにもさようでした。国三、そなた、この場に残って、時折なにがしかを三吉たちに寄進してあげなされ」

と昌右衛門が命じて小銭を入れた巾着を渡した。

二人が宇治橋を渡り終えると、橋から離れた木の幹にシロが括られて寝ていた。傍らに水を入れた割れ皿がおかれていた。三吉たちをすっかり信頼している姿だった。

「シロ、大人しく待っておるか」

お伊勢参りの犬の頭を撫でた小籐次は、

「昌右衛門どの、しばらくこの場でお待ち下され」

と願い、伊勢参りの客目当ての店を覗き、饅頭を買うと昌右衛門のもとへと戻り、シロに一つだけ食べさせた。

「よいか。残りは三吉らにやるのじゃぞ」

残りの包みに破れ笠から抜いた竹とんぼを差し込んだ。さすればだれからの贈り物か分ろうと思ってのことだ。そして、

「さて、昌右衛門どの、彦田屋に戻り、先代に会いましょうかな」

と言った。

二

宇治、山田では御師の家格に関わる職務上の格式が厳然とあった。

一　宮司家《ぐうじけ》
二　神宮家《じんぐうけ》
三　三方家
四　年寄家
五　平師職《ひらししょく》
六　殿原《とのばら》
七　仲間《ちゅうげん》

このうち、御師に関係するのは神宮家、三方家、年寄家、平師職であり、例えば神宮家は、神宮において正員の禰宜たる家柄で、そのような家格の者が御師を勤めていた。

彦田家は平師職に属し、御師として関東に檀那を持つ家柄であった。御師と檀家とのつながりを「師檀関係」といい、「御師職式目之条々」十七か条で厳しく統制されていた。

久慈屋と百年以上の「師檀関係」にある彦田伊右衛門大夫だが、自らが伊勢信仰の普及のために江戸に出てくることは滅多にない。御師の手代が伊勢暦や伊勢白粉《おしろい》を持って檀家を廻り、「御祓大麻《おはらいおおぬさ》を配り御祈禱」を行った。また伊勢参りの講中を募った。


先代の御師彦田伊右衛門大夫は、昌右衛門らが泊まる離れ屋とは別の棟を病間として静養していた。

昌右衛門は、先代の彦田大夫とこの五十数年で二度しか会っていない。それも江戸においてであり、かなり昔のことだ。

「久慈屋さん、よう参られた」

いまや隠居になった先代の彦田大夫が弱々しい声音で、それでも床に上体を起こして昌右衛門を迎えた。

「お蔭様で五十数年ぶりにお伊勢様にお参りすることができました。これで江戸に帰り、隠居の身になることができます」

昌右衛門が先代の彦田大夫に答え、小籐次を引き合わせた。

隠居がうむ、と唸って小籐次を見詰めた。

「あの『御鑓拝借』の赤目小籐次様でございますか。久慈屋さん、えらいお供を連れて参られましたな」

「はい。外宮でも内宮でも神官様らが驚いておられました」

「で、ございましょうな」

と応じた先代御師が、

「久慈屋さん、頂戴した文には他に御用があるとか認められておりましたな」

「はい。明和八年のおかげ参りで私がお会いしたのは、そなた様ではございませんな」

「亡くなった親父です」

昌右衛門が己の気持ちを整理するように念押しし、先代の彦田大夫が即答した。

その返事にやはりといった失意の表情を昌右衛門が見せた。

しばし座に沈黙が漂い、先代御師が、

「久慈屋さんが知りたかったのは、久慈屋にその昔奉公していたお円さんのことではございませんか」

と言い出したところ、昌右衛門の顔に明るさが戻った。

「おお、承知でしたか。お円さんはどうしておられます」

「十七、八年も前に亡くなられました」

「やはりな。墓参りはできましょうか」

先代御師がこくりと頷いた。

久慈屋昌右衛門が五十数年ぶりに伊勢参りにくると知って、このことを考えていたような口振りだった。

「元気であれば私が案内するのじゃが」

と言い、

「お円さんは江戸の奉公を途中でやめて伊勢に戻り、その二年後に伊勢河崎の酒屋小川屋に後妻として入りましたそうな。人づてに聞いたところ幸せな生涯を全うされたようですよ」

「河崎宿でございますか。いや、それは知りませんでした」

昌右衛門は何事か考えていた。

「お円さんの嫁入り先の河崎は、勢田川沿いの商人町で古市から一里ちょっとのところにございます。私はお円さんを直《じか》に知りません。ですが、小川屋の菩提寺はこの界隈の寺ということを聞いた覚えがございます。ともかく小川屋に訪ねて行かれれば、あちらも喜びましょう」

と先代御師が言った。その顔は、どこか気掛かりな用事を果たし終えた感じで、満足感と疲れがあった。

「ご隠居、これから訪ねてみます」

うんうん、と先代御師が答え、

「久慈屋さんは明和八年のおかげ参りでお円さんに会ったとか、親父がいうておりましたが、真ですか」

「はい。お会い致しました。私は八歳でしたが、お円さんの美しい顔はいまも記憶しております。存命ならばお礼をと思って参ったのですがな。お墓参りをさせてもらいます」

「それがよい。うちの者を案内につけましょうか」

「二見道を参ればさほどかかりますまい。赤目様といっしょに古市の参宮街道を眺めながら参ります」

離れ屋に戻った昌右衛門と小籐次は、彦田屋の帳場に預けていた包みを受け取り、昨日通ってきた古市参宮街道をゆっくりと外宮へと戻る感じで進み、勢田川に架かる御贄橋に差し掛かった。そして、伊勢河崎へと川沿いに下った。

河崎の地名は、長享年間（一四八七〜八九）、河崎左衛門大夫宗次がこの地を開発したことで名付けられたともいう。

この河崎、勢田川の舟運を利用して、戦国時代から「町」としての機能を整えていた。安土桃山時代には、すでに伊勢神宮周辺の交易の中心として位置づけられ、江戸時代には問屋町としてあらゆるものを扱った。おかげ参りなど無数の参宮客で賑わう宇治、山田に大量の食料などを供給する、「伊勢の台所」の役目を担っていたのだ。一方、船参宮の拠点として参宮道者の往来も多い町だった。

小川屋は白漆喰《しろしっくい》に二階建ての蔵造りで、敷地の中に酒の醸造場と蔵を何棟もつ大きな酒屋だった。裏は勢田川の左岸に属し、小川屋の所蔵船が何艘も舫われていた。

昌右衛門と小籐次は改めて表に廻り、訪《おとな》いを告げた。

「はい、御用でございますかな」

と応対したのは番頭のようで、昌右衛門の顔を見て、訝しい表情を見せた。

「私、江戸の紙問屋久慈屋の主にございます。その昔、明和のおかげ参りの折、お円さんにお目にかかったことがございます。こたび二度目のお伊勢参りに、ご存命ならばその折のお礼をと寄せてもらいました」

昌右衛門はすでにお円が亡くなっていることを先代の彦田大夫から聞き知っていたが、ここでは知らぬ振りをして尋ねた。

「それはわざわざご丁寧に恐れ入ります。ですが、お客人、お円様はもう十八年前に亡くなりました」

「そうでしたか。実は古市の御師彦田伊右衛門大夫さんからお円さんが身罷られたと聞かされてはおりましたが、やはりお亡くなりでしたか」

分っていたとはいえ、昌右衛門はやはり悄然としていた。

「彦田伊右衛門大夫がおたくの御師ですか。ちょいとお待ちを」

番頭が奥に引っ込み、直ぐに奥座敷に二人が通されることになった。

小川屋の主、十右衛門は、昌右衛門とほぼ齢が同じ、三、四歳若いくらいだった。

小籐次は、二人の顔を見て、

「うむ」

と思った。

二人も互いの顔を見合っていた。

「母の円の知り合いにございますか」

十右衛門が尋ねた。

「はい。お円さんは江戸の紙問屋に奉公に出たことがあるのをご存じですか」

ああ、と十右衛門がなにかを思い出したように言った。

「母が亡くなった折、母方の縁戚の者が御師の彦田伊右衛門大夫の世話で江戸で奉公したということを言うておりました。そうですか、久慈屋さんがうちのおっ母さんの奉公先でしたか」

「のようです。と申しますのも、私が生まれる前のことでございます」

「久慈屋さんはおっ母さんと会ったことはございませんので」

「ございます」

と応じた昌右衛門が経緯を話した。

長い話になったが、十右衛門は初めて聞く様子で、熱心に耳を傾けた。

「なんと久慈屋さんは明和のおかげ参りに伊勢に参られましたか」

「はい。その折、先々代の御師彦田大夫がお円さんをわざわざ古市に呼んで、昔の奉公先の息子の私と引き合わせてくれましたのです」

「それはそれは」

とようやく得心した十右衛門に、

「じいじい」

と三つくらいの孫が奥座敷に顔を出した。そして、小川屋の若日那の嫁が茶菓を運んできた。

嫁は昌右衛門の顔を見て、

「小川屋の嫁のいとにございます」

と挨拶しながらも驚きの顔を見せた。

小籐次も最前から感じていた違和を、いとも持っていた。

「婆様を私は子どものころから知っておりますが、亡くなる年でしたか、ぽつんと江戸での奉公のことを話してくれました。私がまだこの小川屋の嫁になる前のことです」

いとが昌右衛門に洩らした。

「お円さんはなんと申されておられましたな」

「江戸は楽しいところであった、と懐かしげでございました。ただそれだけの言葉を繰り返しておりました」

「それはよい話を聞かせてもらいました」

昌右衛門と小籐次は茶菓を馳走になり、

「こちらの菩提寺は古市参宮街道にあると聞きましたが」

「いかにも古市参宮街道の寂照寺です」

「勝手ながらお円さんの眠るお寺さんにお参りさせていただいてようございますか」

「それはもうおっ母さんも喜びましょう」

と小川屋十右衛門が快く許してくれた。

昌右衛門と小籐次は、古市への帰路に天樹院（二代将軍秀忠の長女・千姫）の菩提寺であり、知恩院の末寺でもある古刹《こさつ》、寂照寺の庫裡《くり》を訪れて住職の月淡和尚に小川家の墓、お円の眠る墓所で経を上げてもらった。

静かな一刻が流れていった。

なにがしかの寄進を終えた昌右衛門の顔は、どことなく和んでいた。

山門を出た昌右衛門は、

「赤目様、積年の想いが叶いました。有難うございました」

と礼を述べた。

「昌右衛門どの、礼など無用でござる。かような伊勢参りの機会に恵まれたそれがしこそ礼を述べねばなりませんぞ」

小籐次の言葉に頷き、

「どうですな、酒をどこぞで貰いましょうか」

と昌右衛門が言った。

「昼酒ですか」

「お伊勢参りの精進落としというのがあるのかどうか知りませんが、偶にはようございましょう」

門前の茶屋で、二人は艶《あで》やかにも満開の桜の花の下の縁台に腰を下ろして酒を注ぎ合った。

小籐次は、桜の下の昌右衛門の顔に安堵とも満足ともつかぬ表情があることを見ていた。

「頂戴します」

小籐次の言葉に頷いた昌右衛門が猪口に口をつけ、二回に分けて飲み干した。

小籐次の猪口の酒はまだ残っていた。

「昼酒もなかなかのものですな」

と昌右衛門が言い、

「赤目様、もはや私の秘密を察しておられましょうな」

「秘密でござるか。なんぞござったか」

小籐次は尋ね返した。

「赤目様は、剣術の達人でございますが、嘘を吐《つ》くのはお上手ではございませんな」

と昌右衛門が笑った。

「虚言を昌右衛門どのになす理由がござろうか」

「積年、私の胸にあったことでございますよ」

「すでにお円さんが先代である親父様と理《わり》ない間柄だったようだというのは聞いており申す」

「私の母の孝は、子どもが産めぬ体にございました。このことは私がとある医師に問い質して直に聞いたことです」

小籐次は突然の昌右衛門の告白に驚いて顔を見た。

「にも拘わらず私が久慈屋の倅として七代目を継いでおります。このことをどう考えられますか」

「まさか」

「はい。私はお円さんが生《な》した子です。わが実の母はお円さん、そして、実の母の如く私を育てたのは孝です」

小籐次は返事ができないでいた。

同時に小川屋の十右衛門とその孫を見たとき、昌右衛門と似た風貌だと感じていたのを思い出した。昌右衛門を見た小川屋の番頭や、嫁の顔に浮かんだ訝しい表情にもそのことが現れているように思えた。

「お円さんは先代のお妾でござったか」

「いえ、違います。親父とお円さんはどのような切っ掛けで情けを交わしたか、もはや知る由《よし》もございませんが、ともあれ情を交わし、懐胎した。そのことを孝は承知で、お円さんといっしょに二人して一年ほど根岸の寮に暮らし、お円さんは私を産んだ。その後、お円さんは身を引き、孝が私を実の子として育てた、のではないかと推測しています」

「それは昌右衛門どの、考え過ぎですぞ」

「では、親父が明和のおかげ参りが流行ったとき、私を唆すようにして仲間と伊勢に向わせたのはなぜでございましょうな」

「八歳になった昌太郎さんを実の母御のお円さんに会わせたかったといわれるか」

「はい。すべてお膳立てをしたのは先々代の彦田伊右衛門大夫と親父です」

と昌右衛門が言い切った。

「お円さんのお蔭で久慈屋は私という後継ぎが出来たのです」

「驚きましたな」

「こたびの伊勢参り、私一人では勇気が出ませんでした。小川屋十右衛門さんは、異父弟です。そう思われませんか、赤目様」

「それがしはさような大事の場に立ち会ったのですか」

「はい。親父も育ての親の孝もお円さんも先々代の御師彦田伊右衛門大夫も、すべて身罷っております。どんな思惑や事情が絡んだのか、知ることはできませんが、私の推測はそう間違っておりますまい。どうですね、赤目様」

小籐次は黙って頷いた。

「昌右衛門どのは、路銀の他にそれなりの大金を携帯してこられたそうな。お円さんが、いや、その子や孫が苦労しているならば、渡していこうと用意されましたか」

「はい、無用な考えでしたな。私の母が後添いに入った小川屋さんは立派に盛業でおられます。金子を渡すなど傲慢のそしりを免れますまい」

小籐次は昌右衛門の猪口に酒を注いだ。

「お円さんはどんな境遇にあろうとも、立派な母親であり、内儀どのになるお方でござった」

「私もそう思います。そして、わが育ての親の孝もまた不都合なことは腹に仕舞ってあの世に旅立ちました」

昌右衛門が二杯目の酒を飲み、小籐次もそれに合わせた。

「満開の桜の下、これほどの美味酒《うまさけ》がございましょうか」

「ござらぬな」

ふっふっふ
と二人の年寄りの口から笑いが洩れた。

小籐次はなんともよい気持ちだった。

三

駿太郎は、この日、豊後森藩の江戸藩邸の道場に稽古に行った。むろん剣術指南ではない。藩士らといっしょに稽古をするためだ。そのために朝早く望外川荘の船着場を小舟で離れた。

船着場ではクロスケが寂しそうに駿太郎を見送った。

「クロスケ、本日は母上の集い、芽柳《めやなぎ》派の歌会が催される。お客様がお出でになるゆえ、しっかりと屋敷の内外に目配りするのだぞ」

と言い残し、湧水池から続いている堀伝いに隅田川へと出た。流れに乗せてゆっくりと下っていく。

朝稽古に間に合わせるべく出立したために、未だ日の出前だ。

流れに乗ったところで櫓に力を入れた。

父親譲りの来島水軍流の櫓さばきだ。若竹のように育った体を大きくしならせて小舟は矢のように舟足を速めた。だが、駿太郎には無理をしているつもりはない。隅田川の船の往来を見定めて飛ばしていくだけだ。

まだ刻限が早いだけに荷足り船がゆっくりと下っており、山谷堀から猪牙舟《ちょきぶね》が姿を見せた。

吉原で一夜を過ごした客がお店《たな》の開業前に戻る姿だと、いつか智永が教えてくれた。なんとなく吉原がどんなところか承知だが、駿太郎が理解できているとは言えなかった。そんな話を智永にすると、

「よし、あと三年待て。おれが駿ちゃんを吉原に連れていって大門《おおもん》を潜らせてやる」

「大門を潜ってどうするんです」

「そりゃ、登楼してさ、馴染みの遊女と遊ぶのだ」

と説明した智永が、

「まだ十二歳の駿ちゃんには難しい話だったな」

と言い直したものだ。

いつしか永代橋を潜り、大川河口から江戸の内海に出た。小舟がいちばん注意を払わねばならない水域に差し掛かった。それを乗り越えて佃島と鉄砲洲を結ぶ

渡し船の一番船とすれ違うころ、日が昇った。

駿太郎が芝田町の浜に小舟を着けたとき、創玄一郎太が出迎えにきてくれていた。小舟を浜に引き上げるのは一人では出来なかった。丸太を敷いて二人がかりで浜に引き上げた。

「駿太郎さん、今日は池端《いけはた》様が張り切っておられます。殿が参勤上番で江戸に来られる前に藩邸に残った家臣を東西に分けて試合をなすそうです」

「それは見物ですね」

「駿太郎さんもそれがしも東組に入ってますよ。代五郎は西組です」

一郎太が言った。

「私は森藩の家来ではありません」

「同じ稽古仲間ゆえ、よかろうと溝口師範と話し合った結果です。赤目様と駿太郎さんが藩邸の道場に来られるようになって、家臣の剣術の技量が上がったと溝口師範は考えておられます」

二人は話し合いながら豊後森藩の上屋敷の通用門を潜り、道場に向った。

道場では、江戸藩邸の家臣がほぼ揃っており、東西戦に選ばれた者たちはすでに稽古を始めていた。

駿太郎は急いで稽古着になった。

「一郎太から聞きましたな、駿太郎さん」

稽古着姿の池端が駿太郎に話しかけた。

「池端様、私も東西戦に出るのですね」

「嫌ですか。十二歳の駿太郎さんが出ることで同輩が、なにくそ、と思い、これまで以上に剣術の稽古に励むよう、溝口師範と話し合った結果です」

池端が言った。

東西戦は二十人が選ばれ、若手中心だ。とはいえ、通嘉の参勤下番で家臣の大半が国許にいた。ゆえに東西それぞれ二十人というのは、ただ今の江戸藩邸の最大限の武官の人数で、若手といっても駿太郎の十二歳から三十歳くらいの家臣まで様々だ。

池端恭之助《きょうのすけ》は、東組の大将を務めるという。

西組の大将は御番衆《ごばんしゅう》の枚方芳太郎だ。そして、西組には小姓見習組の水村修次郎、佐竹忠利らが入っていた。

東組の先鋒は、池辺義忠、二番手は平良克之で、三番手が駿太郎であった。

溝口師範が見所《けんじょ》に一礼し、東方西方の出場者を見廻し、

「本日の東西戦は、家臣の剣術技量の向上を目指した企てである、勝ち負けに拘《こだわ》るよりそれぞれ勝ちの意味、負けの因《もと》を己が知ることが大事じゃ。殿が江戸にお戻りになる折、著しい技量上達が見えぬでは、普段から指導に尽力なされた赤目小籐次どのにも相すまぬことじゃ。よいな、各々《おのおの》が持てる力を発揮致せ」

と訓示して、東西戦の先鋒が出てきた。

西組の先鋒は佐竹忠利で、東組池辺義忠との対戦だ。二人は鹿島神道流の道場に通っており、お互いの力は承知していた。

相正眼に構え合った二人は、同時に踏み込んだ。互いが面を狙ったが浅く、その引き際に佐竹の小手が決まった。敗北した池辺に続いて仲間の平良克之が佐竹と対戦したが、勢いに乗った佐竹は、飛び込み様の小手で平良も退けた。

この結果、佐竹と駿太郎が対戦することになった。

駿太郎は、佐竹と竹刀をまじえたことがあった。緊張し、力が入り過ぎた佐竹は手痛い負けを喫していた。その後は、駿太郎と稽古をすることを避けていた。

あの日以来の対戦ということになる。

佐竹が竹刀の先をちょんちょんと動かしながら駿太郎を誘った。駿太郎は、すいっ、と間合いを詰めた。その瞬間、佐竹が踏み込んできて小手を巻き落とそうとした。だが、駿太郎の竹刀はどこでどう変化したか、佐竹の胴をびしりと叩いて転がしていた。

ふうっ

という吐息が道場に洩れた。

西組の二番手は駿太郎が名も知らぬ家臣だった。下段に竹刀を構えた相手は、駿太郎に的を絞らせないつもりか、右に左に後ろにと動き回って、駿太郎の隙を狙おうと考えた。

だが、後方に下がった相手が間合いを戻そうとした瞬間、駿太郎が踏み込んで小手をとり、竹刀を手から巻き落とした。

「小技は赤目の倅には通じぬか」

見所から声が洩れた。

東組三番手の駿太郎は、年上の相手を七人抜きし、因縁のある小姓見習組の水村修次郎と対戦することになった。

水村はすでに真っ赤な顔で駿太郎を睨みつけていた。

水村は上段に竹刀をとり、駿太郎は相変わらず正眼の構えだ。七人と対戦していたが、駿太郎の息は弾んではいなかった。

水村は背丈も五寸余り高く、体付きも駿太郎よりしっかりとしていた。

間合いは半間。

睨み合った二人が阿吽《あうん》の呼吸で踏み込み、駿太郎は胴を、水村は面を狙った。

ほぼ同時に決まったが駿太郎がすいっと下がり、

「参りました」

と声を上げた。

溝口師範は相打ちと見ていたが、駿太郎の負けを認めた言葉に水村の面打ちを勝ちにした。

この日の東西戦で七人を抜いた駿太郎の活躍もあって、東組が三人を残して勝利した。

出番のなかった池端恭之助と一郎太、そして代五郎の三人が駿太郎を芝の浜辺まで見送ってきた。

「赤目様は、大井川の川止めで難儀しておると一郎太らに聞きましたが、いくらなんでももう伊勢に着いておられましょうか」

と池端が駿太郎に尋ねた。

「池端様、私は東海道を存じませぬ。大井川を越えても難儀する場所はございましょうか」

「いくら大井川で川止めに遭ったといわれても、江戸を出て二十日は過ぎています。もう伊勢参りは済ませたと思われるがな」

と池端が言い、小舟を波間に押し出しながら、

「駿太郎さん、水村に勝ちを譲られましたな」

と駿太郎だけに聞こえる声で詰問した。

「いえ、そのようなことは」

「ないと言われるか。水村は内心借りを返したと思うておりましょうが、駿太郎さんは力を出しきっておりませぬ。このことを察しておるのは、溝口師範とそれがしのみです。よいですか、駿太郎さん、力を抜いて勝ちを譲ることがどのようなことか、赤目小籐次様ならば、お叱りになられましょう」

駿太郎は厳しい口調の池端を見て、ただ低頭した。そして、小舟に飛び乗った。

江戸の内海伝いに小舟を走らせながら、駿太郎は後悔していた。未だそんな余裕は駿太郎にはなかった。

水村修次郎との勝負に手加減した覚えはなかった。

だが、試合の最中、水村の動きや攻めはなんとなく察せられた。攻め時を感じ

ていたにも拘わらず、駿太郎が仕掛けなかったことも確かだった。

（なぜ攻めに行かなかったのか）

駿太郎は、豊後森藩江戸藩邸の上士の子弟たちが、赤目小籐次と駿太郎が道場で指導し、稽古することを未だよしとは考えていないことを知っていた。

溝口師範や池端恭之助の手前、赤目親子を受け容れているように見えたが、内心そのことを快く思っていないことを承知していた。

父の小籐次が不在の折、水村に打ち勝つことが憎しみを増す行為に過ぎないと、己は咄嗟《とっさ》に考えたのだろうか。勝機を見逃がし、水村の面打ちに胴打ちで応じながらも、自ら負けを宣言した。

そのことを溝口師範も池端も察していた。

己がとった行動は恥ずべきことであり、姑息なことを考えた己が嫌だった。

いつの間にか櫓に力を入れて、内海の浜辺沿いに小舟を走らせていた。

（父上が戻ってこられるまで森藩道場通いを止めようか）

と考えた。

自分の行いと考えを纏《まと》めて、ようやく櫓をいつもの漕ぎ方に戻した。

駿太郎は、築地川に小舟を乗り入れてまず新兵衛長屋に立ち寄った。

昼の刻限を過ぎていた。

堀留の石垣に小舟をつけると、新兵衛が突拍子もない大声で、

「伊勢は なー津でもつ　津は伊勢でもつ
ア　ヨイヨイ
尾張名古屋は　ヤンレ　城でもつ」

と伊勢音頭を歌っていた。

井戸端の女衆たちは素知らぬ顔で新兵衛の歌声を聞かぬようにしていたが、木戸口からお麻がすっ飛んでくるのが見えた。

「お父つぁん、大きな声で歌わないの」

と注意した。

「なんだ、女。わしが歌ってきかせているのが迷惑か」

新兵衛は、すでにお麻を実の娘であると認識していなかった。

駿太郎は小舟の舫い綱を杭に結ぶと、石垣に手をかけて長屋の裏庭に飛び上がった。

「新兵衛さん、精が出ますね」

と声をかけると新兵衛が、

「遅いではないか、何をしていた」

と駿太郎をだれと取り違えたか、尋ねた。

「本日は森藩の道場に稽古に行く日でした」

駿太郎は咄嗟に本日は新兵衛といっしょに研ぎをしようと決めた。研ぎの道具一式は長屋に置かれていた。

「お麻さん、新兵衛さんといっしょに本日はこちらで研ぎをします。新兵衛さんのことは心配しないで下さい」

駿太郎がいうところへ、勝五郎が前掛けに木くずをつけた形で姿を見せた。仕事をしていたのだろう。

「ほら蔵の野郎がさ、この前長屋を訪れたとき、妙な節回しで伊勢音頭を歌ったんだよ。新兵衛さん、覚えちゃったんだね。朝からよ、伊勢音頭をずっと聞かされたよ。おりゃよ、伊勢に何度もいった気になったぜ」

とぼやいた。そして、新兵衛の傍らにお麻がいることに気付いて、

「お麻さんもそう一々新兵衛さんのことに気遣いしないことだ」

と付け加えた。

「勝五郎さん、長屋から道具をとってきます」

駿太郎は新兵衛長屋の部屋の腰高障子《こしだか》を引き開け、研ぎ道具を持ち出した。そして、新兵衛の隣りに研ぎ場を設けた。

「長屋の皆さん、研ぎのいる包丁があったら出して下さい」

と井戸端に向って叫んだ。すると、新兵衛が、

「かような裏長屋では稼ぎにならぬ、止めておけ」

とだれの口調を真似たか言った。

「かような裏長屋の差配をしていたのは新兵衛さん、おまえさんだったんだがね」

勝五郎がぼそりと言い、お麻が駿太郎に願った。

「お父つぁんを任せていい」

「構いません」

「駿太郎さん、まずおれの鑿《のみ》を研いでくれないか。女衆には声をかけるからよ」

「お願いします」

勝五郎が井戸端の女衆に包丁を研ぎに出すように言った。

「この前も駿ちゃんに研いでもらったばかりだよ。研ぎ代はいらないというけど、そんな頻繁に出すほどの包丁じゃないんだけどな」

と勝五郎の女房のおきみが女衆に言っていた。

「研ぎ代は別にしてさ、帰りにおりょう様に甘い物でも持たせねえな。駿太郎さんもそのほうが受け取り易かろうじゃないか」

そんな談義のあと、勝五郎の版木彫り用の鑿と包丁が三本集まった。

「駿太郎さんよ、これでどうだ」

「勝五郎さん、有難う。だけどお礼なんて考えないで下さい」

と願った駿太郎と新兵衛の二人は新緑の葉を繁らせた柿の木の下で並んで研ぎ仕事を始めた。

駿太郎が鑿を研ぎ始めると、新兵衛が小籐次になったつもりか、

「駿太郎、手先で仕事をしてはならぬ。体を使ってゆったりと研ぐのだ」

と忠言した。

「はい、父上、そうします」

そのやりとりを聞いていた勝五郎が、

「駿太郎さんはええな。新兵衛さんと話を合わせることができるもんな。うちの保吉なんぞじゃ、とてもとても」

と奉公に出ている倅の名を出して言った。

「お夕姉ちゃんの方が私よりえらいです」

「そりゃそうだ。新兵衛さんとお夕ちゃんは血のつながった間柄だからよ。お夕ちゃんが新兵衛さんの面倒を見るのは当たり前だ」

「勝五郎さん、うちは父上とも母上とも血はつながってません」

「おお、そうだったな。だが、赤目家は格別だ。ともかくだ、血は水よりも濃いんだよ」

「私はお夕姉ちゃんの弟です」

「物心ついたのはこの長屋だもんな、確かに血はつながっていなくても姉と弟みてえな間柄だな」

新兵衛の手が止まった。その手が木刀に伸びて、

「下郎、そこへ直れ。わが一族のことをあれこれと論《あげつら》いおって、成敗してくれん」

と立ちあがりかけた。勝五郎が飛び下がり、

「な、なんだよ、急に」

と狼狽した。駿太郎が、

「父上、落ち着いて下さい。研ぎ仕事は忍耐無心がいちばんと教えてくれたのは、

父上ではありませんか」

と宥《なだ》めた。

「おお、そうであった。下賤な者を相手にしたわしが恥ずかしい」

と得心した新兵衛が木刀を置き、研ぎ仕事に戻った。

二人は昼餉を忘れて七つ過ぎまで研ぎ仕事に熱中した。

勝五郎がそっと様子を見にきた。新兵衛の反応を恐れてのことらしい。

「勝五郎さん、こんな研ぎ方で彫り仕事ができますか」

と研ぎ上げた鑿を差し出すと、恐る恐る近寄ってきた勝五郎が指の腹で刃先をさわり、

「結構結構、大したもんだ」

と感心した。

四

久慈屋昌右衛門と赤目小籐次が古市の彦田屋に戻ったのは、七つ半の刻限だった。すぐに先代御師の病間に通り、河崎の小川屋を訪ねた経緯とお円の墓参りを

したことを報告した。むろんお円が昌右衛門の生母だと告げたわけではなかった。

「久慈屋さん、よいことを為されましたな」

先代の御師が頷いた。

「これにてこたびのお伊勢参りは済みました。明日には、朝熊ヶ岳の金剛證寺にお参りしていこうかと思います」

「私が元気ならば案内をさせてもらうのですがな。この体ではなんとも」

先代御師が口惜しそうな顔をした。

「いえ、内宮から朝熊への道が通じておるそうで、それに一里と八丁ほどの山道だそうですね。間違いようもございますまい」

昌右衛門が応じて、言い足した。

「まあ、私の供は天下無双の酔いどれ様、何事もありますまい。片参りにならぬように楽しんできます」

「おお、そうじゃ、内宮の荒木田神主からえらい知らせが入っておりますぞ」

「なんでございますな」

「酔いどれ様が御正殿で見事な剣の舞を披露されたとか。皇大神宮が大騒ぎで、ぜひ拝見したかったと見ていなかった方々が悔しがっているそうな」

昌右衛門が小籐次を見た。

「隠居どの、剣の舞などというご大層なものではござらぬ。神官たちがわしの刀の次直のお浄めをなさったのでござる。わしは楽の調べと祝詞に合わせただけ」

「いやいや、内宮の神主方があぁ騒がれるのは、格別のことでござろう。私も拝見したかった」

先代御師が悔しがった。

「おお、そうじゃ」

と昌右衛門が言い出した。

「ご隠居と当代にお願いがございます」

「ならば、伊右衛門を呼びます」

先代御師が枕元の鈴を鳴らした。

先代と当代の御師が揃ったところで、昌右衛門が言い出した。

「こたびの伊勢参りでいささか必要になるかと路銀の他に二百両を持って参りました。ですが、使わずに済みました。そこでな、彦田大夫にお願いがございます。皇大神宮に彦田大夫のお手を通して寄進していただけませんか」

「二百両もの大金を寄進すると申されますか」

当代の彦田伊右衛門大夫が驚きの顔で言った。

「いけませぬか」

しばし先代と当代の御師が沈黙した。

「久慈屋さん、二百両はお円さんにと用意してこられましたか」

「ご隠居、いかにもお円さんが存命で暮らしに困っておいでならばと思いましたが、小川屋さんは商いも盛業、お円さんもすでに亡くなっておいででした」

「それで内宮に寄進な」

と先代御師がまた沈黙し、

「もしや」

と言い出しかけ、

「いや、それは余計な詮索でした。倅、明日にも神宮の荒木田様を訪ねてきなされ」

と当代に命じた。

昌右衛門は河崎まで持参した二百両の包みを当代の前に差し出した。

「お預かり致します」

小籐次は三人の話を聞きながら、先代はお円が久慈屋の奉公人というだけではなかったと気付いているようだと思った。

その宵、昌右衛門と小籐次、そして、国三の三人で夕餉を摂った。もっぱら話すのは国三だった。

「旦那様、赤目様、三吉らとこの半日過ごしましたが、なかなか逞しいですよ。三吉と勉次の父親は、本所の左官職だそうです」

「親父さんの後継ぎをするのかな」

「いえ、出来ることならばお店《たな》勤めがしたいと、私にいろいろと聞いてきました。私が答えられるかぎり、お店がどんなところか、奉公がどれほど厳しいか、いえ、久慈屋がそうだとはいうておりません。私が知る芝口橋界隈のお店を念頭に置いて話しました」

「なぜ親父どのの左官職を継ぎたいと思わぬのか。土まみれになるのが嫌なのかな」

小籐次が国三に尋ねた。

「いえ、汚れるのは厭《いと》わないそうです。だから、抜け参りもできるのだと威張っておりました。父親は左官の棟梁ではないそうです。三吉の言葉を借りると、うだつの上がらない半人前の親父の後継ぎがいやだということです」

「三吉たちはいつ伊勢を発つのですな」

と昌右衛門が問うた。

「五十鈴川で銭をもう少し稼いで、一日に一度くらいの食い扶持ができた折に出立するというておりました」

と答えた国三が、

「ああ、忘れておりました。シロに饅頭を食わせて三吉たちの分も残したのは旦那様ですよね。礼をいうてくれと三吉にくれぐれも頼まれていたのです」

「十二歳でしたかな、三吉は」

「はい。私の十二歳の時よりずっとしっかりものです」

「国三、饅頭をシロの傍《そば》に残していかれたのは赤目様です」

と昌右衛門が饅頭の話に戻した。

「ああ、そうでしたか。だから、竹とんぼが挿してあったんだ」

と国三が得心した。

小籐次は七人と犬一匹が一日一度、めし屋で食する費えにはどれほど投げ銭を貯めればよいのかと目算してみた。江戸まで十五、六日を要すると考えて、少なくとも一両はかかろう、いや、それではすむまいとあれこれ考えた。

「本日、三吉たちはいくら投げ銭を頂戴しましたな」

昌右衛門が聞いた。

「四百二十三文でした」

「ほう、なかなかのものです」

「旦那様、その半分は旦那様の巾着から私が投げた銭です」

国三がすまなそうな顔で言った。

「投げ過ぎましたか」

「いえ、それは構いません」

昌右衛門の返事を聞いた国三がほっと安堵し、急いで話柄を変えた。

「私どもはいつ発ちますか」

「明日、神宮の鎮護の霊場金剛證寺にお参りします。折角伊勢に参ったのですからね」

「では、出立は明後日ですね」

「いえ、山登りの疲れを取るのに一日休み、何事もなければ、その翌日に出立します」

昌右衛門が江戸への出発日を告げた。

「ならば夕餉を食べ終えたら、三吉たちに三日後の出立を告げてきます。よろしいですか」

と国三が許しを乞うた。

「そなた、三吉たちの宿坊を承知か」

「おはらい町のだんご屋の軒下に寝かせてもらっています。朝、店の周りの掃除をするのが約束です」

「わずか一日でそのような寝場所まで見つける離れ業をしてのけましたか」

昌右衛門が感嘆した。

「行くならば、握り飯と菜をこの家の台所に頼んで届けなされ」

その言葉を聞いた国三が急いで夕餉を終えると、

「行って参ります」

と離れ屋を出ていった。

「国三、すっかり三吉らに肩入れしておりますな」

「それは昌右衛門どのとて同じことでござろう」

「いっしょにお伊勢参りをした間柄ですからな」

と昌右衛門が言い訳した。

首肯した小籐次が尋ねた。

「帰路は伊勢参宮道を通って日永追分で東海道に入る徒歩道でようござるか」

「いくらなんでもまた大井川で川止めはございますまい。いえね、江戸を発つとき、船参宮があるなど承知していませんでした。けれど、もし帰り道、歩き通す自信がなければ、鳥羽に出ようかと考えてはおりました」

「鳥羽になにがござるかな」

「私どもは大湊に松坂丸で入りましたがな、上方と江戸を往来する船はもっと南東の鳥羽湊にて風待ちやらなにやらします。そんな船にはうちと関わりのものもありますでな。格別に乗せてもらおうかと考えておりました。ですが、行き帰り船ではお伊勢参りの功徳《くどく》が薄れます。大丈夫、徒歩で伊勢参宮道から東海道を参りましょう」

と昌右衛門が帰路を徒歩とすることを決めた。

駿太郎は、新兵衛長屋の裏庭から勝五郎やお夕に見送られて小舟を堀留から御堀へと向けた。だが、御堀から築地川に舳先を向けず、いったん上流の芝口橋へと進んだ。

お伊勢参りの昌右衛門から文が届いていないかどうか聞くために、久慈屋に立ち寄るのだ。

久慈屋の船着場には小僧の梅吉が立っていた。そして、駿太郎の小舟を見ると、

「駿太郎さん、大旦那様から文がついさっき届きました」

と叫んで知らせてくれた。

「梅吉さん、有り難う」

駿太郎には母のおりょうの喜ぶ顔が目に浮かんだ。急いで小舟を船着場に寄せると梅吉が手を差し伸べて舫い綱を摑み、

「小舟は杭に舫っておきます」

と言ってくれた。

駿太郎は小舟を梅吉に任せて急いで河岸道に上がった。

久慈屋はそろそろ店仕舞いの刻限だ。

春の日の入りが日一日と延びているのでまだ明るかった。

「文が届いたそうですね」

駿太郎が久慈屋に入って行くと、上がり框に難波橋の秀次親分と読売屋の空蔵

も座って大番頭の観右衛門となにごとか話し合っていた。

「届きましたよ、駿太郎さん」

若旦那の浩介が帳場格子の中から駿太郎に文を見せた。

「駿太郎さん、若旦那は必ず駿太郎さんが立ち寄るからって、おれたちに文の内容を教えてくれないんだ」

空蔵が不満げな顔で言った。駿太郎は空蔵に頷き返し、浩介に尋ねた。

「大旦那様方はお元気ですか」

「すでにお伊勢様に到着しておられますよ」

「えっ、大井川から伊勢は四、五日で着くのですか」

「それがなんと思いもかけない方策を選ばれました。舞坂湊から船参宮にて一気に伊勢へと下ることにされたのです」

「な、なに、船参宮だって。お伊勢様に参るのにそんな手があったか」

空蔵が自問するように言った。すると秀次親分が、

「わっしは、聞いたことがありますよ。三州から陸路をぐるりと廻り込むより伊勢の内海の入口を船で渡るとずっと早く、風具合で二刻もかからずに宇治山田の神社湊《かみやしろみなと》に着くそうです。ほう、大旦那と酔いどれ様は、駿州浜名湖の舞坂湊か

ら船参宮ですか。大井川で足止めを食った分、取り戻そうと考えられましたかね」

とさすがに仕事柄、船参宮を承知していた。

「親分が申されるとおり、舞坂からですと、せいぜい一日二日で伊勢近くに着くそうです」

「飛脚便は何日で久慈屋さんに届いておりますな」

「こたびの飛脚便は、五日、いえ、六日ほどかかっています」

「となると、若旦那、ご一行はすでに伊勢参拝を終えておられますよ」

秀次のご託宣があった。

「一気に伊勢に着いちゃったのか。若旦那、なんぞ道中、騒ぎはなかったかね」

空蔵が物欲しそうに商売気を見せた。

「島田宿で赤目様が悪者退治をしたと書いてございますが、それ以上に詳しくは認《したた》めてございません」

との浩介の返事に、

「大旦那も気が利かないな。おれたち、江戸の人間は旅先からの文が頼りなんだよ。悪者退治の一件を詳しく認めてくれれば、読売の小ネタくらいにはなったのによ」

　空蔵がぼやいた。

「空蔵さん、大旦那様は、江戸の読売屋のためにお伊勢参りに行かれたわけではございません。明和八年のおかげ参りに行かれた大旦那様が五十数年ぶりのお礼参りのお伊勢様です」

　観右衛門が思わず口を滑らせた。

「えっ、昌右衛門さんは明和八年のおかげ参りに行ったのか」

「おお、しまった。これは内緒ごとでしたな。空蔵さん、忘れて下さい」

　観右衛門の言葉に、

「なに、こたびのお伊勢参りにはそんな意が隠されていたのか」

　と空蔵が思案の顔をして、秀次親分を見た。

「親分、この話、承知か」

「空蔵さんや、わっしの生まれる前の話だ、知るわけはないよ」

　とあっさりとかわしたが、その顔付きは承知だと言っていた。

「大旦那のお伊勢参りの曰くよりさ、酔いどれ小籐次の身に降りかかる騒ぎがうちの読売のネタになるんだがな。若旦那の話だけじゃ、書きようがないな」

とぼやいた空蔵が上がり框から立ち上がり、駿太郎を見た。

「なんでしょう、空蔵さん」

「駿太郎さんのほうによ、なにか変わったことはなかったか」

「本日は新兵衛さんといっしょに長屋の包丁を研いでおりました」

駿太郎が空蔵に言った。

「酔いどれ様の江戸不在の折、倅の駿太郎さんが親父に代わって研ぎ仕事をしているという話は、若旦那に書くなときつく止められているんだよ。親父の酔いどれ様の許しがなければダメってな。明日の読売のネタが足りないんだがな、なんとかなりませんか、若旦那」

「なりません、空蔵さん。そなた、過日、駿太郎さんが浪人者を懲らしめた一件を書いたばかりではないですか。どこぞで別のネタを探しなさい」

浩介に言われて、しぶしぶ空蔵が、そうするか、と久慈屋を出ていった。

「ハゲタカ空蔵も酔いどれ様のいない江戸では難儀しているようだ」

と難波橋の秀次親分が苦笑いした。

「駿太郎さん、赤目様からおりょう様と駿太郎さんに宛てた文が届いています。空蔵さんの前では出せませんからね。おりょう様がきっと喜ばれますよ」

浩介が小篠次の文を駿太郎に差し出した。父親の字は駿太郎が見てもとても上手とはいえないものだった。

「筆不精の酔いどれ様がとうとう文を書かれましたか。なんぞございましたかな」

観右衛門が浩介に尋ねた。

「どうやら舅に強く言われて認められたようです。舅の文の内容からして格別なことはありません。船参宮がいちばん知らせたかったことではございませんか」

「ともかく大井川の川止めの無駄を船参宮で取り戻しましたか」

と観右衛門が得心した。

駿太郎は、小篠次から来た文を秀次親分にも見せた。

「赤目様らしい武骨な筆跡でございますな」

「いえ、親分、なかなか趣のある字にございますよ」

と観右衛門が褒めた。

「皆さん、母にこのまま届けたいと思います。もし格別なことが書いてあれば、明日お知らせします。それでよいですか」

「もちろんそれで結構です」

と観右衛門が言い、駿太郎は久慈屋から船着場に駆けていった。

駿太郎が望外川荘の船着場に着いたのは、六つ半(午後七時)に近い刻限だった。おりょうは駿太郎に「日があるうちに戻って来なさい」と約束させていた。だが、久慈屋に立ち寄ったことで半刻ほど遅くなっていた。

湧水池の船着場におりょうとクロスケが待っていた。傍らに提灯を点した智永もお梅もいた。

「母上、遅くなりました。その代わりお土産がございます」

と小舟から駿太郎が叫んだ。

「お土産って甘味か」

「違いますよ、母上の大好物です」

「おや、私の大好きなものとはなんでございましょうね」

とおりょうが首を捻った。

「父上が、なんと文を母上と私に宛ててくれました」

「おお、それは駿太郎、大好物です」

と嬉しげなおりょうの声が船着場から聞こえた。

# 第五章　高麗広《こうらいびろ》の女

## 一

　翌朝、久慈屋昌右衛門、赤目小籐次、そして国三の三人は身軽ないで立ちで朝《あさ》熊峠《まとうげ》を目指して、朝熊岳道《たけみち》をゆったりとした足の運びで進んだ。

　内宮から東へわずか一里八丁足らずの道だが、なんとも長閑な風景が広がっていた。ぴーんと空気が張りつめた内宮とはまるで違った、穏やかな春の陽射しが降りそそいで三人を迎えてくれた。

「内宮とは違ってなんとも気持ちがゆったり致しますな」

「それは昌右衛門どのが積年の願いを果たされたからでござろう」

「はい。お蔭様で心の中のわだかまりが消えてなくなりました。これで江戸に戻り、浩介に久慈屋の八代目を譲って隠居できます」

「とは申せ、久慈屋は大所帯、隠居どのがしっかりと若い夫婦の後見をして下されよ」

人も通らぬ道を昌右衛門と小籐次が並んで歩き、間をおいてあとを国三が従っていた。

国三は、こたびの昌右衛門のお伊勢参りが格別な意図があってのことと推測していた。

江戸から持たされてきた二百両の大金が昨日のうちになくなっているのに今朝気付いた。ということは、二百両が昨日のうちにだれかに渡されたと考えるべきであろう。その事実を知るのは昌右衛門の他には小籐次しかいない。

二人だけがお伊勢参りに仮託して、

「なにかを行った」

と国三は考えていた。

だが、手代が口出しすべき事柄ではない。ゆえに本日の朝熊ヶ岳の金剛證寺同行を命じられても、二人の話が聞こえない程度に間をあけて従っていた。

この朝、国三は、彦田屋を出る瞬間、なにか身に纏《まつ》わりつくような視線を感じた。

　だが、供に赤目小籐次がいた。その小籐次が平然としている以上、己が騒ぎ立てることはない、と思っていた。その視線も朝熊岳道に入ったときには、掻き消えていた。

　国三は、昌右衛門の後ろ姿が昨日までとは違うと思った。なにか「重荷」を下ろした、そんな感じがした。

（やはり自分の知らぬところでなにかがあり、終わった）

のだ。

「赤目様、隠居が口を出すとろくなことがありません。隠居は、当代に聞かれたときだけ応じればよいのです。赤目様、浩介の後見はこれまでのように赤目様にお願い申します」

　と昌右衛門が言った。

「それがしでできることならば」

　と小籐次は答えた。

「いま一つ、お願いが」

「なんでござろう」

「私はな、隠居になったら北村里桜《りおう》様の芽柳派に入門したいのです。おりょう様は歌詠みを全く知らぬ私を門弟に加えてくれましょうかな」

小籐次は昌右衛門を見た。

「ダメですか」

「いえ、それがしはさような願いをうんぬんする立場にはござらん。おりょうが決めることですが、それがしが驚いたのは、昌右衛門どのの潔い決断と、これからなさることをすでに胸に秘めておられることじゃ。この話を聞いたらおりょうはきっと喜ぼう」

「そうですか、安心しました」

と答えた昌右衛門が、

「それとな、東国の神社仏閣巡りを致します。その折は赤目様、お付き合い願えませぬか」

「それなれば即座に答えられますぞ。江戸に戻って騒ぎばかりに巻き込まれるのにうんざりしておる。心穏やかに寺社参り、ぜひお願い申す」

と小籐次が言い、

「神宮鎮護の金剛證寺とはどのような寺にござるか」

と話柄を変えて尋ねた。

「江戸にて書物で知ったり、他人様《ひと》から聞いたりの受け売りです」

と前置きした昌右衛門が語った話はこうだ。

金剛證寺は、欽明天皇の御世に暁台上人が開山したとされる。天長二年（八二五）に、弘法大師空海が大和国鳴川で求聞持法《ぐもんじほう》を修めたとき、雨宝童子が現れて、

「朝熊の嵩に座を示す。明星あらば行必ず成就せん」

と告げたという。

この年、空海は朝熊ヶ岳に登り、真言宗の道場として堂宇を建立した。また室町時代には仏地禅師が寺を再興したと伝えられる。

求聞持法とは、

「虚空蔵《こくうぞう》求聞持法」

の略だ。虚空蔵菩薩を本尊として修行する行法で、記憶力を増すことができるという。

この時代、神仏習合が盛んになり、金剛證寺は、伊勢神宮の鬼門鎮護の寺である、

「内宮の奥の院」

として信仰された。ゆえに金剛證寺の寺宝、「木造雨宝童子立像」は、天照大御神の十六歳の折の姿ともいわれる。

「昌右衛門どのも朝熊ヶ岳には初めて訪れるのですな」

「五十数年前のおかげ参りのときは子どもでしたしな、ただ仲間に従い、必死でついてきただけでした。朝熊ヶ岳がどこにあるのかすら知りませんでした」

「と申されるが、その折に昌右衛門どのは亡父どのの願いを、産みの親のお円さんと会わせるという一度かぎりの望みを全うされたのでござる。ようも仲間に秘密にしておくことができましたな」

また二人の話題は先代の秘密に戻っていた。

「お円さんが、いえ、私の母親が守ってくれたのでしょう」

「考えてみれば昌右衛門どのには二人の母御がおられる。どちらも出来た母御です。それがしのように全く母親の面影を知らない人間とは違うであろう」

しばし昌右衛門は無言で歩いていたが、

「赤目様は父御と身延山に旅をされましたな。そして、私と同じように何十年も経った去年、お夕の代参に従い、見延山久遠寺を訪ねて、母御の面影に触れられた」

「いかにもさよう。おりょうとお夕がいなければ、それがしは死ぬまで母親のことを知らずにあの世に向ったことでしょうな」

小篠次の言葉に昌右衛門が首肯した。またしばらく二人は沈黙のままに朝熊岳道を進んだ。

「赤目様、不思議な因縁とは思いませんか。赤目様は身延山久遠寺へ三十数年ぶりに、私は伊勢神宮に五十数年ぶりに参り、亡き母の面影に触れることができました。いえ、私の場合は、赤目様の久遠寺の話を聞かされたときから、こたびの伊勢参りが、五十数年前の謎を解く旅が始まったのです。すべての案内人は赤目小篠次様でございましたよ」

と昌右衛門が言い切った。

「そう申されると、なんとも不思議な因縁にござるな」

「はい」

と昌右衛門が答えた。

一里八丁ほどの山道をゆったりと一刻半ほどかけて歩き、朝熊ヶ岳の山頂近くにある金剛證寺の山門下に辿りついた。そこで国三が二人に追いついてきて、

「なかなかの山道でした。旦那様、お疲れではございませんか」

と昌右衛門の体調を案じた。

「この程度の山登りはまだまだ平気です」

昌右衛門が胸を張った。

「弘法大師ゆかりの寺ということは、真言宗でございますかな」

小籐次が昌右衛門に問うた。

「いえ、その後、臨済宗に改宗したそうです、室町時代のことと聞いております」

『伊勢名勝志』は金剛證寺をこう述べる。

「朝熊村ニ在リ　臨済宗兼真言宗古義派　山城南禅寺末ナリ　欽明天皇ノ時僧暁台此山ヲ創開シ天皇行幸且伽藍《がらん》創造アリ」

一行は石段の上を眺めた。

「赤目様、勝峰山金剛證寺は、霊魂が集まる地とされ、伊勢や志摩一円の男も女も十三歳になると一月十三日にこの朝熊ヶ岳に登って、『十三参り』と呼ばれる習わしを催すそうですぞ」

「ほう、霊魂が集まりますか」

小籐次は答えながら、神路院すさめが姿を見せてもおかしくはない場所かと考えていた。国三が昌右衛門の話を聞いて、緊張した様子を見せたのは、国三も伊勢についてから何度か、すさめの「眼」を感じとっていたからだと、小籐次は推測した。

小籐次は昌右衛門の傍らから離れぬように従いながら仁王門への石段を上がった。すると本堂が一行を迎えた。

「本堂はいちど焼失し、慶長十四年（一六〇九）に播磨姫路の池田輝政公の寄進により再建されたものだそうです」

本堂を眺めた一行は思わず、

「おお」

と感動の声を洩らした。

七間六間の一重寄棟造り、向拝三間。檜皮葺《ひわだぶき》の堂々たる巨宇であった。

桃山時代の艶やかで精密な技を尽くした建物を、ただ言葉を失ってみつめた。

白木造りの伊勢神宮とは対照的な煌びやかな佇まいだ。外部は朱塗、内部は金箔押の豪奢な造りだ。

一同は合掌して伊勢参りを果たした。

「昌右衛門どの、『伊勢に参らば　朝熊をかけよ　朝熊かけねば　片参宮』、という伊勢音頭の文句がようやく分り申した」

と小籐次が言い、昌右衛門が満足の笑みをみせた。

金剛證寺に参った一行は、極楽門を経て奥の院に詣で、さらにそこからいったん谷に下って標高千八百五十尺（五百五十五メートル）の朝熊ヶ岳の頂きを目指すことにした。

小籐次は山門下の竹やぶで倒れていた竹を拾い、昌右衛門の杖を造った。

「おお、これはようございますな」

と喜ぶ昌右衛門に会釈した小籐次は、転がっていた老竹を触り、

「これはよい」

と呟くと、今参拝した金剛證寺の寺宝、皇祖神の化身、木造雨宝童子に向って祈願した。

「赤目様、どうなさるので」

と国三が聞いた。

「うむ、ちと思いついたことがあってな。古市の旅籠まで持ち帰ろうかと思う」

「ならば、奥の院の前にあった茶店に預けておけませんか。帰りに国三が受け取

り、持ち帰ればようございますよ」

と昌右衛門が知恵を出した。

そんなわけで長さ一尺半、径が六、七寸はありそうな古竹を茶屋で斧を借り受けて二つに割り、縄で括って預けることにした。

「さあ、江戸の人に片参宮とは言わせないように朝熊ヶ岳に登りますぞ」

昌右衛門が先頭に立って朝熊ヶ岳の頂きを目指すことになった。

金剛證寺そのものが頂きの真下にあるゆえ、さほどの距離は残っていなかった。

だが、最後の上り道は険しかった。

暗い林がしばらく続いたと思うと、人ひとりがようやく通り抜けられる切通しがあって、険阻な山道となった。

どれほど登ったか、
ぱあっ
と視界が開けた。

「おお、これは」

小籐次が思わず叫んだほど朝熊ヶ岳の頂きは、まるで天空の神社《かみやしろ》のように不意に三人の前に姿を見せた。

国三が頂きの東に走って、

「旦那様、赤目様、海が見えますよ」

と叫んだ。

頂きには朝熊ヶ岳登山か、あるいは頂きの社に参拝にきたのか、十数人の姿があった。

昌右衛門と小籐次が国三のもとへ歩み寄ると、国三は茫然自失して言葉を失っていた。

「赤目様、私どもが舞坂から辿って大湊に着いた伊勢の内海入口をすべて見渡すことができますぞ。ほれ、あの大きな島が答志島《とうしじま》、それに右奥にあるのが、二見丸が岩場にぶつかり、沈没した神島ですよ」

と昌右衛門も興奮の体で指さした。

「ああ、伊良湖岬から渥美の岬も望めます」

「旦那様、もう少し右側に雪をかぶった山は、富士山ではございませんか」

国三が指す方向を見ると、確かに頂きに雪を残した霊峰富士が望めた。

「絶景かな」

小籐次も言葉を失くしていた。

入江と岬、さらには大小さまざまな島々、どこの町か町並みも見え、入り組んだ伊勢の海岸線を海が結んでいた。

小籐次は二見丸の松五郎船頭らが身罷った神島に向って合掌した。すると二人が見倣った。

時を忘れて朝熊ヶ岳から伊勢、鳥羽の麗《うるわ》しい光景を眺めていた。

いつしか日が西にわずかに傾きかけ、小籐次が、

「そろそろ下山致しましょうかな」

と昌右衛門を誘《いざな》った。

「こたびの伊勢参り、これにて終わりました」

幾たび繰り返した言葉であろう、昌右衛門がまた言った。

「いかにもさよう。『伊勢に参らば　朝熊をかけよ　朝熊かけねば　片参宮』と歌われる伊勢音頭は、真のことでござったな」

と小籐次もなんどか口にした言葉で応じた。

「いやいや、伊勢音頭をただの賑やかしと思っておりましたが、えらい間違いを致すところでした。私どもがやってきた船参宮の海路をすべて振り返ることができるとは、お伊勢様の功徳でございましょうかな」

小籐次はそのとき、神島を振り返り、

(いや、お伊勢参りは終わってはおらぬ)

と思い直した。

神路院すさめがこのまま小籐次を見過ごすとは思えなかった。また小籐次も島田宿での所業といい、二見丸の松五郎船頭らを船ごと岩場にぶつからせた惨劇といい、

「許すわけにはいかぬ」

と考えていた。

「国三さんや、山道の途中でなにかがあってもいかぬ。日があるうちに郷《さと》に下りようか」

と小籐次が先導し、昌右衛門、国三の順で下山を始めた。

途中で茶屋に預けていた老竹を受け取り、国三が持った。

朝熊岳道に郷が見えてきて、小籐次はほっと安堵した。

「日が落ちぬうちに郷に下りられてよかった」

小籐次が呟き、

「赤目様、やはり明日一日、彦田屋で休養しましてな、明後日に古市を発ちます

か」

　と昌右衛門が応じ、

「伊勢参宮道にて東海道に出てようございますな」

　小籐次が念を押すと、

「船参宮の功徳は行きに十分満喫致しました。帰りは伊勢参宮道を通ってゆっくりと自分の足で江戸に向いましょうかな」

　と昌右衛門が答えた。

「旦那様、伊勢参宮道は、東海道のどこへ通じているのですか」

　国三が尋ねた。

「四日市の日永追分で東海道につながっております。三河や駿河、それに江戸など東国のお伊勢参りの方々はまずこの伊勢参宮道を通ります」

「旦那様は五十年以上も前のおかげ参りの折、この街道を通られたのですね」

　国三が聞いた。

「いかにもさようです。ですが、正直いうてなにも覚えておりません。宮川の渡しを渡り、松坂、津、白子、神戸などを通っての帰路が楽しみです」

　昌右衛門が国三に言い、さらに説明を重ねた。

「東海道の日永追分まで内宮から十九里十八丁（約七十七キロ）ありますでな、まあ三日とみればようございましょう。途中松坂と上野あたりに宿をとることになりましょうかな」

寝る前に夜ごと「街道絵図」を調べている昌右衛門が帰路の予定を述べた。

三人は七つ半過ぎに内宮前に戻ってきた。

昌右衛門と小籐次は宇治橋の鳥居の前で内宮の森に向って拝礼した。

国三が橋の袂に走り、五十鈴川に三吉たちがいるかどうか確かめに行った。橋の下を覗いていた国三が、

「もはや銭拾いの子どもはおりません。三吉たちは食い扶持分を稼いだのでしょうか」

とだれにいうともなく独りごちた。

「三吉たちを明日、彦田屋に呼んで夕餉を馳走しましょうかな」

「旦那様、きっと大喜びしますよ」

と国三は自分のことのように喜んだ。

だが、彦田屋に戻ると目を泣きはらした三吉が三人の帰りを待ち受けていた。

二

小籐次は三吉の手にしっかりと竹とんぼが握りしめられているのを見て、嫌な予感が当たったことを知った。

「どうしたのだ、三吉」

舞坂宿での出会いから「兄貴分」を自任していた国三が三吉に尋ねた。

三吉は国三の姿を見、声をかけられた途端、

わあっ

と叫んで泣き出した。

彦田屋の男衆が困惑している様子がありありと分った。

「三吉、しっかりせよ。六人とシロの長はそなただぞ。そのそなたが泣いていては事情が分らぬでな。なにがあったか、わしに説明せよ」

小籐次の問いに三吉が不意に泣き止み、しゃくり上げながらも、

「お、弟が、べ、勉次が女に連れていかれた」

と言った。

「いつのことだ」

「昼間のことだ」

三吉の説明はまどろっこしいほど要領を得なかった。

小籐次と国三が根気よく問い質したところによると、こうだ。

三吉らが五十鈴川で橋の上から投げられる銭を拾っている最中、勉次に宇治橋の手前で待たせていた犬のシロの様子を見に行かせたという。するとなかなか戻ってこなかった。三吉は、勉次がシロと遊んでいるのだと思ったそうだ。銭拾いに夢中になっていた三吉がふと、

「勉次がまだ戻っていない」

ことに気付き、いつもシロをつないでいる場所に行ってみた。すると、シロだけが口から泡を吹き、お祓いの札を付けた首輪に竹とんぼが差し込まれて眠り込んでいたという。

三吉は、シロの名を呼びながら体を揺すると、シロがとろんとした眼を薄く開いた。

「勉次はどうした、シロ」

と話しかけるとシロがきょろきょろと辺りを見た。

三吉は異変が起きたことを察した。

その界隈を勉次の名を呼びながらシロといっしょに探し歩いた。銭拾いをしていた仲間も加わり、勉次捜索の範囲を広げた。すると幾つかの目撃情報が集まった。

女に手を引かれた勉次らしき子どもが、五十鈴川の左岸の道を神域の森の方角へと連れていかれるのをおはらい町の何人かが見ていた。そして、その一人が、

「女は狐霊がついたような顔をしていたぞ。ほれ、昔、内宮で巫女をしていた娘と違うか」

と言い出したという。

そのとき、シロが神域の森に向って激しく吠えた。

三吉は弟が連れていかれた森に向おうとしたが、宇治の人びとに、

「一人で入ってはならねえ」

と止められたという。

「おめえら、伊勢に知り合いはないのか」

と問われた三吉は、赤目小籐次のことを思い出し、国三の、

「困ったときには古市の御師の彦田大夫の旅籠を訪ねよ」

という言葉を頼りに彦田屋を探して飛び込んできたのが、およそ半刻前だということが分った。そこへ奥から当代の彦田伊右衛門大夫も姿を見せたので小籐次が掻い摘んで三吉の話を告げ、三吉に念を押した。

「およそ事情は分った。シロの首輪にその竹とんぼが差し込まれていたのだな」

「ああ、そうだよ。お侍さんの破れ笠に挿してあった竹とんぼと同じものだと思って、シロの首から抜いて持ってきたんだ」

「よう、気付いた」

と答えた小籐次は、

「そなたの仲間は、今晩もだんご屋の軒下に泊まるつもりだな」

と国三から聞いた話を確かめた。三吉はこくりと頷き、小籐次は昌右衛門に視線を向けた。

「島田宿の女の仕業ですな」

昌右衛門が言った。

「まず間違いありますまい。昌右衛門どの、子どもたちを今晩こちらに連れてきてはならぬか。まず残りの子どもを安心な場所に確保しておきたい」

「いかにもさようです」

昌右衛門が彦田屋の男衆に願い、今晩は彦田屋に泊まらせることが決まった。三吉に従って国三が迎えにいくことにした。

「久慈屋の大旦那様、赤目様、金もろくに持ってない抜け参りの子どもが攫《さら》われますかね」

番頭の米蔵が小首を傾げて尋ねた。

御師の伊右衛門大夫と番頭の米蔵、昌右衛門と小籐次の四人だけがその場に残った。

「攫った女は見当がついておる。真の狙いは子どもではのうて、この赤目小籐次なのだ」

小籐次は島田宿での経緯を掻い摘んで話した。

「なんと黒巫女が悪さをしましたか」

御師の伊右衛門大夫がだれにとはなしに問うた。

「黒巫女の神路院すさめと称しておるが、この界隈の生まれではなかろうか」

「子どもが連れていかれた森はですな、五十鈴川の水源がありましてな、神宮の森ゆえだれも入りませぬ。そんな森に高麗広《こうらいびろ》という小さな郷がございます。黒巫女は高麗広で育った女と思えます」

伊右衛門大夫は即座に答え、さらに言い足した。

「五十鈴川の上流は神路川と名が変わりますが、その水源は神路山の山麓にございます。ゆえにその女、神路院すさめなどと、ご大層な名を名乗っておるのではございませぬか。つまり正体は高麗広育ちのお風《ふう》とみました」

彦田伊右衛門大夫は、すさめの出自に心当たりがある話しぶりだった。

「赤目様、十数年も前の話です。高麗広の郷から一人の娘が内宮に巫女として入りました。なんとも見目麗しい娘でしたがな、このお風が夜な夜な内宮の御正殿に入り込んで、悪さをしていたそうな。その折、お風を見た権禰宜衆が言うには、まるで狐霊がついたような顔つきであったとか。そんな曰くもあってお風は内宮から追い出されたのです。ですが、伊勢を出ていく前に志摩国伊雑宮《いざわのみや》の宝剣磯部丸を盗みだしたのを、内宮の巫女をしていたお風を知る伊雑宮の権禰宜が見ていたのです」

「なんと」

小籐次が呻いた。

「そのあと、松坂や津なんぞで悪さをしているお風の噂が伝わってきました。いつしかその噂も途絶えたと思っておりましたが、お風は伊勢に戻っておりましたか」
「お風というのが本名でござるか」
　小籐次の問いに彦田大夫が頷き、
「お風と呼ばれた娘が十数年後の黒巫女の神路院すさめと名乗る女子であること
にまず間違いはございますまいな。赤目様の話を聞いて、私は直ぐに思い当たり
ました」
「彦田大夫、お風は内宮の神苑、高麗広の生まれですね」
　昌右衛門の問いに、いいえ、違います、と伊右衛門大夫が否定した。
「旅の行者が高麗広に置き去りにしていった赤子を高麗広の衆が風と名付けて育
てたのですよ。それが間違いなく黒巫女の神路院すさめです」
「三吉の弟も高麗広に連れていかれましたかな」
　と昌右衛門が小籐次に問うた。
「おそらく高麗広に行けば、その女の正体もはっきりし、勉次が連れていかれた
先が分ろう」
　小籐次が答えたとき、国三と三吉に連れられて五人の子どもとシロがぞろぞろ
と姿を見せた。

「三吉、弟の勉次が連れていかれた場所がおよそ判明した」

小籐次が言った。

「ならばおれが行く」

「もはや夜が訪れていよう。今宵は彦田屋さんに泊めてもらえることになった」

「お侍さん、おれたち、抜け参りだ。こんな立派な宿に泊まる銭などもっていない」

「そなたらが案ずるには及びません」

昌右衛門が三吉らに言い、

「彦田屋さん、この子どもたちに湯を使わせて夕餉を食わせてくれませぬか。そして、どこぞに一部屋とって寝かせて下され」

と旅籠の主である当代御師の彦田伊右衛門大夫に願った。

「それはもう」

男衆に案内されて三吉らがまず湯殿に連れていかれた。

「赤目様、どうなさいますな」

昌右衛門が尋ねた。

「いささか仕度が要る。米蔵さん、小刀と砥石を貸して下さらぬか」

小籐次は米蔵に願い、金剛證寺の竹やぶから拾って国三が運んできた古竹にて竹とんぼを造ると言い出した。

「赤目様は神路院すさめを探しに参られますか」

「昌右衛門どの、あの女の狙いはこの赤目小籐次じゃ、それがし一人が参る」

と応じた小籐次は、彦田屋の土間の一角に急ぎ設けられた研ぎ場でまず小刀を研ぎ始めた。その傍らで犬のシロがじいっと見詰めていた。

昌右衛門になにかを言われた国三が再び姿を見せたとき、貧乏徳利と茶碗を小籐次に持ってきていた。

「国三さんや、頂戴しよう。昌右衛門どのと夕餉を先に食してくれぬか。わしはな、いささか考え事をしながら竹とんぼを造るでな。夕餉はあとに致す」

と言うと研ぎ上がった小刀を使い、金剛證寺から拾ってきた古竹を小割りにして、竹片を何枚も造った。そのうえでいつも以上に慎重に削り始めた。

小籐次が造ったのは、いつもの竹とんぼとは違い、四枚羽根の竹とんぼだ。柄に工夫をして、竹の羽根が二枚直角になるように嵌め込んだ。上の羽根と下の羽根には幾分隙間があった。羽根はいつも造る竹とんぼより鋭利で尖っていた。

出来上がった四枚羽根の竹とんぼを見ながら、茶碗に酒を注ぎ、一気に飲んだ。

朝熊ヶ岳の頂きから一口の水も飲んでいない。ゆえに喉が渇いていた。

国三と三吉がシロの餌を運んできた。

「そなたらは夕餉を食したか」

国三が頷いた。

「お侍さん、森に入るとき、おれも連れていってくれないか」

と三吉が願った。

「三吉、そなたの気持ちは分る。だが、そなたがいれば、わしが自在に動けぬ事態も生じよう。弟勉次はわしの命に代えても連れ戻る。これはな、わしと神路院すさめなる黒巫女との戦いだ。分ってくれぬか」

「ダメか」

「な、私が言ったろ、三吉。赤目様には赤目様の戦い方があるのです。私たちが行けば助けになるどころか、邪魔になるだけです」

国三が三吉を説得するように言った。

「待つしかないのか」

「気持ちが落ち着かねば、いつものように五十鈴川でお伊勢参りの人たちの投げ銭を拾い集めて時を過ごせ。そのうちの半分をな、内宮に寄進して勉次の無事を祈るのだ」

「分った」

ようやく三吉が得心した。

「夜明け前にわしは森に入る」

「お一人で行かれるのですね」

と国三が何度目かの念を押した。

「いや、一人では行かぬ」

「だれか道案内を付けられますか」

小籐次の視線が餌を食べ終えたシロに向けられた。

「三吉に代わり、シロを道案内に立てる。シロは勉次のこともあの女のこともとくと承知ゆえな」

と小籐次が言った。

「お侍さんは酔いどれ小籐次と呼ばれる強い侍だよね。シロといっしょに弟を助け出してくんな」

三吉が小籐次に願い、小籐次は首肯した。

小籐次は独りになると、特製の竹とんぼを慎重に調整した。

ふと気付くと彦田屋は森閑として眠りに就いていた。膳が板の間に置いてあり、不寝番の男衆が小籐次を見ていた。

「汁を温め直すか」

と小籐次に尋ねた。

「いや、よい。それよりここに綿入れでよい、持ってきてくれぬか。めしを食したら少しばかり横になる」

「離れにいかないのかね」

「夜明け前に発つ。ゆえにわしが今晩は番を務めよう。それと新しい草鞋を二足頼もう」

と願った。

小籐次が彦田屋の玄関先に横になったのは夜半九つ過ぎのことだった。

一刻半（三時間）ほど眠った小籐次は、残っていた貧乏徳利の酒を飲み、身仕度を整えた。破れ笠に新しく造った四枚羽根の竹とんぼと使い慣れた竹とんぼを一本ずつ差し込み、京屋喜平の職人頭、円太郎が拵えてくれた革足袋《かわたび》に草鞋を履いた。次直を腰に差すと、シロがすでに立ち上がって従う気配を見せた。

「参ろうか、シロ」

くぐり戸を静かに引き開けるとまだ暗い古市の通りに出た。首輪にお祓いの札を垂らしたシロが先に立った。

「シロ、急ぐ要はない。あの女、われらが来るのを待っておるでな」

と言い聞かせ、ひたひたと常夜灯が点る古市から宇治のおはらい町を通って、宇治橋の鳥居前に小籐次とシロは出た。

鳥居の前で拝礼した小籐次は、天照大御神に勉次の無事を祈った。

「シロ、これから先はわしら未知の山道じゃぞ」

と犬に言い聞かせ、五十鈴川の左岸に設けられた人ひとりが歩ける幅の道に入っていった。

川のせせらぎが左から聞こえてきた。島路川が流れ込む水音だ。橋を渡った。

ここから先、郷の人は五十鈴川の本流を神路川と呼んだ。

神路川のせせらぎを頼りにシロが先導し、小籐次が従うことにした。暗い道をシロの嗅覚が小籐次を導いてくれた。昨日、勉次を連れて通った神路院すさめの臭いを辿っているのだ。

一刻余り歩いたか、東の空が白み始めた。林間の道は靄に包まれて、シロの姿も見えないほどだ。

六つの刻限、シロが足を止めた。

路傍に湧き水が出ていた。竹柄杓が置いてあり、飲み水であることが分った。

小籐次とシロは足を止めて喉の渇きを潤した。

風が吹いて靄が薄れていった。すると茅《かや》の穂の向こうに煙が上がっていた。炊煙ではない。炭焼きの煙だ。

猪の被害から守るための石垣がわずかな広さの畑を囲んでいた。

高麗広であろうか、萱葺の小さな家の屋根が見えた。

五十鈴川を挟んで対岸だ。

「シロ、川に下りてみようぞ」

芒《すすき》の間を抜けると五十鈴川の川幅は狭くなり、飛び石が向こう岸へと連なっていた。対岸には猪垣《ししがき》に囲まれた百姓家があった。

人が住まっている気配があった。その家の奥にもう一軒藁葺屋根が見えた。そちらの家のほうが小籐次の眼前の家より大きかった。

「ご免」

と声をかけながら、猪垣の間の門を押し開いて入った。この家にも飼い犬がいるのか、シロの気配を感じて吠えた。その声に女衆が庭に姿を見せた。小籐次とシロに警戒する様子があった。

「怪しい者ではない。伊勢参りに来た人間じゃが、尋ねたきことがあって訪いをかけた。ここは高麗広じゃな」

手拭いを被り、綿入れを着込んだ女は、黙って小籐次とシロを見続けていたが、こくりと頷いた。

「女を探しておる。今は神路院すさめと名乗る黒巫女じゃが、昔、この集落で育ったと聞いた。お風という名の女じゃ」

女の顔に怯えが走った。

「昨日、その女がわしの連れの子どもを連れ去りおった。ゆえにかように探し歩いておる」

女は黙ってもう一軒の家を指した。

「あの家にいるのか」

小籐次の問いに女が首を激しく横に振った。それ以上の言葉は女から聞けそうになかった。

小籐次とシロがもう一軒の家を訪ねると、歯の抜けた老爺が小籐次とシロがくるのを待っていた。

「お凪はこちらに関わりの女子か」

老爺は、おらぬ、と呟いた。

「お凪が育ったのはこの家かな」

しばし沈黙していたが、こくりと頷いたその顔の表情は恐怖と不安に塗《まみ》れていた。

「わしは赤目小籐次と申す。わしの連れ、七歳の勉次がお凪と思える女に連れ去られたのだ。わしは勉次を取り戻したいだけなのだ」

「凪はわしの娘ではない」

とくぐもった声が答えた。

「旅の行者がこの高麗広に置き去りにしたそうじゃな、その子を育てたのではないのか」

「なにゆえさようなことを聞くか」

「わしの言葉に得心すれば、黒巫女の神路院すさめことお凪の行き先を教えてくれるか」

頷いた相手に小籐次は島田宿以来の話を告げた。話を聞き終えても老爺は無言を守り通した。

　小籐次がもはや答えないと思ったとき、

「神路山下に川の水源がある。そこで凪はおまえ様を待っておるそうな」

「勉次もいっしょか」

　小籐次の言葉に老爺が頷いた。

「助かった」

　小籐次が去りかけると老爺が、

「水源近くに滝があってな、その近くに炭焼き小屋がある。わしの倅、与三次《よさじ》の小屋じゃ」

　と言った。

「与三次さんとお凪は兄と妹のように仲良く育ったか」

「いや、憎しみ合って育ち、凪は十五のとき伊勢内宮の巫女になった。与三次が追い出したのよ」

「なぜ与三次さんはお凪を憎んだ」

「与三次は凪の邪悪を感じとっていたのだ」

　と老爺は言った。

## 三

老爺の今造を案内人に小籐次とシロは、神路川の谷底の水音を聞きながら、神路山と島路山の間の斜面にあるという水源を目指していた。

小籐次とシロが今造の家を辞去しようとすると、

「待て、わしが案内に立つ」

と不意に言った。

「シロがいるで、お風がいるならなんとか与三次さんの炭焼き小屋は突き止められようと思う」

と小籐次が応じると、

「おまえ様はあの女の正体を未だ承知しておらぬ」

と答えた。

今造はすさめことお風の所業を案じていたのだ。

最近まで炭焼きを手伝っていたという今造は慣れた動作で山歩きの仕度をした。

背に竹籠を負い、腰に山刀をさして矍鑠《かくしゃく》とした足の運びで先頭を歩き始めたのだ。

神路川と呼ばれる流れは狭くなり、奔流となって岩場を流れ下っていった。河原には巨岩が行く手を塞ぐようにあった。炭焼き職人のためか、渓流に丸木橋が架かっていた。

だが、神路川の左岸伝いに今造の足は止まらない。時に神路川の流れを離れて藤蔓《ふじづる》の林を抜け、また渓流の河原を見下ろす山道に戻った。

葉の落ちた紅葉《もみじ》や赤い花をつけた椿が小籐次の目を和ませた。

羊歯《しだ》の山道に入った。

「もう遠くはない」

と今造が小籐次に言った。

小籐次はシロの毛が逆立っているのを認めた。

生い茂った枝葉の間から空が見えた。

サシバとこの界隈で呼ばれる鷹が天空を飛んでいた。

今造が小籐次に空の一角を指した。杉の老木の高いところに山桜が何輪か咲いているのが見えた。

「宿り木ざくらよ、この界隈でしか見られぬ珍しい山桜だ」

と小籐次に教えた今造が、なんと和歌を口ずさんだ。

「来ても見よ　杉にさくらの花咲きて　神代も聞かぬ神垣の春」

　小籐次は、

「だれの歌か」

　と聞くと、

「しらねえ」

　と今造が答えた。

　口の中で何度か繰り返した小籐次は頭に刻み込んだ。おりょうへの「土産話」にしようと思ったのだ。

　神路川のせせらぎが小籐次らの足もとから聞こえてきた。

「おかしい」

　と今造が呟き、

「炭焼きの煙が昇っておらぬ」

　と言った途端、シロが暗い森の一角に向って吠えた。

「いつもは炭焼きをしている刻限じゃな」

「おう」

　と言った今造の足が速くなった。

山の斜面に炭焼き小屋が見えてきた。確かに炭が焼かれている様子はなかった。

小籐次は、焼かれた炭はどうやって郷の高麗広まで下ろすのかと考えていた。

その視線の先で炭を焼く窯《かま》の火が焚かれていないのを確かめた今造が、

「与三次、どこにおる」

と辺りに呼ばわった。

神路山の斜面に今造の声が木魂《こだま》した。だが、どこからもなんの答えも戻ってこなかった。

シロが突然、炭焼き窯の横手にある小屋に向って吠えながら走り出した。

小籐次も続いた。

古びた板戸を押し開くと、薄暗い闇が広がっていた。

シロが小屋の中に向って激しく吠えた。

「今造さん、灯りがほしい」

小籐次の言葉に今造が小屋に入り、小屋の東側に設けられた押戸を開けた。

三畳ほどの広さの土間の向こうで、煮炊きと灯りを兼ねた小さな囲炉裏のある二畳ほどの板の間に人が転がっていた。

「与三次」

と父親の今造が叫んで駆け寄ろうとした。

「待て、今造さん」

小籐次は今造を引き止めると、油断なく与三次の様子を押戸の灯りで確かめた。

片手に山刀が握られていた。

「生きておる」

小籐次は板の間には上がらず、土間の隅にあった水甕《みずがめ》から竹柄杓で水を汲んだ。

それを与三次の顔にぶちかけた。

ううっ
と呻いた与三次がいきなり上体を起こすと、

「風、おめえは黒巫女か」

と叫びながら尋常とも思えぬ目を光らせて山刀を振り回した。

小籐次はもう一杯水を汲んでくると与三次の顔にかけた。

ぶるっ
と身を震わせた与三次が正気に戻ったか、きょろきょろと辺りを見廻し、

「親父、なにしておる」

と今造を見て尋ねた。

「風が来たな」

今造の問いに、与三次は身の回りでなにが起こったか、思い出そうとする顔でしばらく考えていたがようやく頷いた。

「お風は子どもを連れておらなんだか」

小籐次の問いにがくがくと頷いた。

「子は、勉次は元気であろうな」

「泣き疲れた顔をしていたぞ」

「どこへ行った」

与三次は首を横に振った。

「親父、あやつは狐霊に憑《つ》かれておる、人ではない。捨て子を育てるなどという た親父とお袋が悪い。あの女は魔物だぞ」

「分っておる」

と小籐次が応じた。

与三次が小籐次に初めて気付いたように、だれか、という目付きで見た。

「わしは、江戸からお伊勢参りの供で来た赤目小籐次じゃ。あの女の所業はとくと神島で見た」

小籐次は与三次にお風が二見丸を乗っ取り、神島の岩場に激突させて船頭の松五郎らを殺した経緯を語った。

「風は人殺しまでしておるそうだ」

今造が哀しげに呟いた。

「ただ今は黒巫女神路院すさめと名乗っておる」

「あやつ、子どもをどうする気だ」

「わしを呼び出す人質として連れておる。わしは抜け参りにきた勉次を助け出したいだけだ」

与三次が立ちあがると、小籐次の手から竹柄杓を摑み取って水甕のところに行き、水を汲んで喉を鳴らして飲んだ。

「お侍さんはあの女の魔性に勝つか」

と振り返った与三次が小籐次に尋ねた。

「勝つか負けるか分らぬ。じゃが、なんとしても勉次は連れ戻すと、兄の三吉に約定《やくじょう》した」

「お侍さん、風を、いや、神路院すさめを殺してくれ。ここは神宮の神域じゃぞ。狐霊の憑いた女子が立ち入る場所ではない」

与三次が明言した。

そのとき、靄が小屋の中に入り込んできて、シロが激しく吠え立てた。

「すさめがわしを呼んでおる」

小籐次は与三次から竹柄杓を奪い返すと、水甕の水を飲んだ。

「シロ、案内せえ」

小籐次の命にシロが従い、小屋を出ようとすると、

「わしも行く」

と与三次が言った。

小籐次は承知した。

今造をその場に残し、与三次が小籐次とシロに続いて小屋を出ると、靄が流れくる方向を確かめ、

「神路川の水源から靄が流れてくるぞ」

と言った。

「そこにすさめが待っておるのだ」

と答えた小籐次が、

「すさめとの戦いはわしに任せよ。与三次さん、シロといっしょに勉次を助け出

してくれぬか」

与三次が合点した。

靄が流れてくる森は、内宮造営の用途以外に斧を入れることを禁じられ、神路山の精霊に守られていた。そして、長い歳月の青雨を溜めた地中から地上に湧き出る一滴の水が神路川、五十鈴川と名を変えながら、伊勢の海に流れ落ちるのだ。

小籐次たちは靄に導かれながら、水源に向って上った。

最前から大人しくしていたシロが再び吠え出した。

「あれが水源じゃぞ」

与三次が指した神路山の山麓の一角に老いた楠《くすのき》が生えて、枝から勉次が縄で吊り下げられていた。

「神路院すさめ、そなたの誘いに乗って赤目小籐次参上した。姿を見せよ」

小籐次の声が響き渡ると、
すうっ
と靄が消えて、岩場から滴り落ちる五十鈴川の水源の傍らに白衣姿の神路院すさめが立っていた。

「赤目小籐次、独りでは来られなかったか」

すさめの声が、甲高くも野分の風音のように、ひゅうひゅうと響いた。

「その昔、家族としてそなたを受け容れた与三次と伊勢参りの犬じゃ。わしの助勢ではないわ」

「黒巫女の神路院すさめと一対一の勝負というか」

「おう」

小籐次の返答に、白衣のすさめが黒御幣を翳して左右に振った。

ううっ
と与三次が呻いて、

「頭が痛い」

とその場に倒れ込んで両手で頭を抱えた。シロも動けぬ様子で、腰を落としていた。

「相変わらずの大道芸か」

小籐次は五十鈴川の水で浄めた四枚羽根の竹とんぼを破れ笠から抜くと、両手に柄を挟み、渾身の力を込めて捻り飛ばした。

四枚羽根の竹とんぼがすさめに向って飛んでいき、すさめが黒御幣で振り払おうとした。

その瞬間、上の羽根が柄から抜けて、すさめの顔を狙った。すさめが狐霊に憑かれた両眼を一瞬背《そむ》けて、飛び離れた上羽根を避《よ》けようとした。すると未だ柄と合体していた下羽根が、

さあっ

と黒御幣をばらばらに切り裂いた。

二本目の竹とんぼを小籐次が飛ばすと、すさめが白衣の裾で払い落した。

その瞬間、与三次の頭の痛みは掻き消えた。またシロも腰砕けから立ち上がって、二人の戦いに注意を戻した。

視線を小籐次に戻した神路院すさめの眼に恐怖が浮かんだ。だが、それは一瞬で、白衣の下から剣を抜いた。伊雑宮から盗んだ宝剣磯部丸と思われた。

「すさめ、そなたが内宮の別宮の磯部に鎮座する伊雑宮から十数年前に盗んだ宝剣磯部丸か」

志摩国第一の大社伊雑宮は、天照大御神の御魂を祀る遥宮《とおのみや》だ。天照大御神を伊勢の内宮に導いた後、大御神の御贄《みにえ》、つまり食事を調献する地を探してこの地に辿りついたのだ。ゆえに伊勢の内宮と伊雑宮はほぼ同じ歳月を重ねてきた。

「それを承知か、赤目小籐次」

「とくと聞け、伊勢の別宮の一、大御神の遥宮の宝剣は邪《よこしま》の者の手にあってはなんの効き目もないわ」

「試してみやるか」

すさめが五十鈴川の水源の傍らに立ち、宝剣磯部丸を構えた。

小籐次は次直の鯉口を切り、すさめへと歩み寄った。

そのとき、小籐次はすさめとの間を一間半に詰めていた。

小籐次は、すさめの真上に吊るされた勉次に視線を向けることなく声だけをかけた。

「勉次、よう我慢したな。赤目小籐次が助けてくれる」

「抜かせ」

と喚《わめ》いたすさめが狐霊に憑かれて険しい顔になった。

「よく聞け、神路院すさめ、わが手の刀はわしの先祖が西国の戦場で拾うてきた無銘の剣よ。刀鍛冶は、備中国次直とみた。真のことをわしは知らぬ。ただ今わが手にある一刀は、外宮の豊受大御神と内宮の天照大御神からお祓いを受けた神剣じゃ。そなたの手の磯部丸が勝つか、わしの神剣が勝るか、うけて見よ」

小籐次の言葉とともに神路院すさめが虚空に飛ぶと、宝剣磯部丸を振り翳して小籐次の頭上から襲いかかってきた。

小籐次は、間合いを待った。

すさめが落下に移る機を見極め、右手が腹前を過《よぎ》り、柄を摑むと一気に抜き上げた。そのまま天空に向い、神域の森を二つに斬り裂く想いをこめて斬り上げた。

振り下ろした剣と斬り上げた刀が交叉してぶつかるのを、与三次は神路山の斜面に座り込んで見た。そして、

「お侍さん」

と呟いていた。

白衣が小柄な小籐次を包み込んだ。

「ああー」

と与三次は悲鳴を上げた。

次の瞬間、白衣が、
さあっ
と鮮血に染まり、横手に飛んで神路山の岩場に叩きつけられた。

小籐次は、斬り上げた次直を残心の構えにとめ、

「来島水軍流神路山流れ胴切り」

と呟いていた。

突如、辺りから妖しげな空気が掻き消えていった。

明るい光が神の森に戻ってきた。

小篠次は次直の刃を五十鈴川の水源の水で洗い、水を切ると鞘に納めた。

「与三次さん、わしが縄を解くゆえ、勉次の体を受け止めてくれぬか」

「承知しましたよ」

小篠次と与三次が楠の老木から勉次を下ろし、結ばれた縄を与三次が山刀で切った。

「勉次、大丈夫か」

「寒いよ、腹減ったよ」

「いまな、与三次さんになんぞ小屋で作ってもらうでな、しばし待て」

と小篠次が言ったとき、シロの吠え声が響いた。

二人が振り向くと、岩場に叩きつけられて血に染まっていたはずの神路院すさめの体が、見る見るうちに神路山の清らかな空気に溶け、消えていこうとしていた。

勉次を両腕に抱いた与三次と小篠次が岩場に向うと、シロが訝しそうな視線で岩場を見ていた。

神路院すさめが叩きつけられていた岩場には、赤い山椿の花が敷き詰められたようにあった。そして、宝剣磯部丸と鞘が赤い椿の上に転がっていた。

いつの間にか、小屋にいた老爺の今造も姿を見せて、

「颪は死んだか」

とだれにとはなしに問うた。

「死んだ」

と小籐次が答え、

「いや、颪は最初から高麗広に捨てられてなどおらなかったのよ、親父」

と与三次が言った。

「かもしれぬ」

小籐次が賛意を示していった。

この瞬間、小籐次はお伊勢参りが真実終わったことを悟っていた。

四

駿太郎はこの日、初めて足袋問屋京屋喜平方の職人衆の道具の研ぎにひとりで挑んだ。いつもの久慈屋の店の一角、芝口橋の往来が見通せるところではなくて、土間の奥、通りから見えない場に研ぎ場を設けてもらい、この界隈の女衆の包丁研ぎを一切受け付けず、京屋喜平の道具の研ぎだけに専念した。

この朝、駿太郎は望外川荘の風呂場で水垢離《みずごり》をする気持ちで身を浄めていた。一本一本を時をかけて丁寧に研いだ。そして、粗砥から中砥、仕上砥と砥石を替えながら、一心不乱に手を動かした。

その様子を浩介と観右衛門らが見守り、包丁の研ぎを頼みにきた女たちに小僧たちが、

「恐れ入りますが本日は包丁の研ぎを受け付けておりませぬ。お急ぎの方は包丁を預からせていただいて、明日にはお返しできると思います」

と断わった。

「小僧さん、うちにはこの出刃一本しかないんだよ、この包丁を預けたら夕めしをどうするのさ」

「お隣りの包丁を借りて間に合わせるわけにはいきませんか」

「冗談じゃないよ、酔いどれ様の倅が親父様の代わりに働いていると聞いたから、

隣り町からその模様をわざわざ見物に来たんだよ。またにするよ」

と女はこの日の研ぎを諦めて戻っていった。

そんなことも知らず駿太郎はひたすら研ぎに没頭していた。

「研ぎ方が分らないときは、研ぎの最中の刃に聞け」

父親であり、師匠の小籐次が駿太郎にたびたび告げた言葉を思い出しながら、研ぎの途中でしばしば手を止めて、刃に指の腹で触れて尋ねた。すると刃が指先に微妙なひっかかりを教えてくれた。

そんな最中、そっと久慈屋を訪ねてきた人物がいた。

京屋喜平の職人頭の円太郎だ。まず円太郎が久慈屋を、いや、小籐次の研ぎ場を覗きにくることはない。それが駿太郎の研ぎを見にきたようだ。

円太郎は観右衛門に会釈して久慈屋の広い土間を見廻した。その様子に観右衛門が手で示して駿太郎の研ぎ場を教え、こちらにお出でなさいと、帳場格子の前の上がり框に招いた。

「不安で見に来られましたか」

帳場格子から出てきた観右衛門が円座を勧めながら小声で聞いた。

「いいえ、様子はうちの番頭さんから聞いておりました。ゆえに分っているつもりでしたが、さすがに赤目小籐次様の倅ですな。仕事に熱中している姿は、わっしらが見倣わなければなりませんよ」

「いかにもさようです」

おまつが茶菓を持って姿を見せた。

「円太郎親方、どうだね、うちの子ども研ぎ師さんの仕事ぶりはよ」

と在所訛りで聞いた。

「わっしが思い描いた以上の厳しい仕事ぶりです。研ぎの具合を見なくても仕上がりが察せられます」

「ほう、見ないでかね。そりゃ、使えないということだべか」

「おまつさん、師匠の赤目様には遠く及びますまい。ですがね、あの体の使い方で、研ぎが悪いわけはない。そんじょそこらの研ぎ師の仕事を超えております。なにより魂が込められている」

と円太郎は褒めた。

「だべ。うちの包丁なんぞは酔いどれ様の研ぎと変わらないだよ。もっとも京屋喜平さんの道具は千両役者衆の足袋を造る道具だ。駿太郎さんは、そのことが分っているだよ」

そこへまた一人久慈屋を訪れた人物がいた。

おりょうだ。おりょうは、新兵衛長屋に立ち寄り、小籐次の部屋に風を通し、時折仕事場に泊まる小籐次の夜具を干したり、部屋の掃除をしたりしながら時を過ごしていたのだ。

「おりょう様、こちらへ」

観右衛門が円太郎親方の傍らに招き、おまつが新たに円座を持ってきた。

久慈屋じゅうが駿太郎の研ぎ仕事を案じて、ぴーんとした空気が張りつめていた。

「親方、駿太郎がお道具を傷めなければよろしいのですが」

母親の心配に笑みで応じた円太郎が、

「おりょう様、あの背を見ただけで、出来が分ります。ご案じなさいますな」

「でしょうか」

「職人はね、造る物を見なくても職人の動きを見ただけでおよその出来具合が分るものです。うちの若い職人に駿太郎さんの熱中ぶりを見せたいくらいです」

円太郎の言葉におりょうがほっと安堵した。それはまさに母親の、

「顔」

であった。

静かな時が久慈屋の店に流れていった。

不意に駿太郎の動きが止まった。

「よし」

と自分にいい聞かせるように呟いた駿太郎は研ぎが終わった道具の刃を桶の水で洗い流し、布で拭った。そして、光に翳して出来上がりを確かめた。

「どうですな」

と観右衛門が声をかけ、振り返った駿太郎が、

「円太郎親方、母上もおられましたか」

と初めて気付いた。そして研ぎ場から立ち上がると研ぎ上げたばかりの道具を持って円太郎のもとへやってきた。

「親方、手直しはいくらでもします」

差し出された道具を受け取った円太郎が、

「拝見します」

と洩らし、上がり框から立ち上がると、表の陽射しに向けて翳し、足袋を裁断する独特な造りの道具の刃を凝視し、さらに長年使い込んだ刃を老練な指の腹で

触れて、

ふうっ

と吐息を一つした。

「ひっかかりがございますか」

駿太郎の問いに円太郎がゆっくりと首を横に振った。

「心が入った立派な研ぎにございますよ、駿太郎さん」

「真ですか」

「円太郎は、道具に関して嘘は申しません。親父様の研ぎの領域に達するには十年はかかりましょう。ですが、駿太郎さんの研ぎは、もはや一人前のものです」

と太鼓判を押した。

「ああ、よかった」

安堵の声を洩らした駿太郎におりょうが笑みの顔で応じた。

この日、いつもより研ぎ場を早く片付けた駿太郎とおりょうは、研ぎ道具を久慈屋に預け、小舟に乗って御堀の上流へと漕ぎ上がっていった。溜池を目指すのは、おりょうの実家北村舜藍《しゅんらん》の屋敷に娘のおりょうと孫の駿太郎が招かれ、一晩泊まることになっているからだ。

「母上、父上方はお伊勢参りを終えられたと思いますか」

「昨日のことです。母が独りで門弟衆の歌に朱を入れておりますと、胸騒ぎがしたかと思ったら、不意に穏やかな気分に戻りました」

「父上がなにか騒ぎに巻き込まれたのでしょうか」

「はい。そして、父上が騒ぎを鎮められたということではございませぬか」

「きっとそうです。とすると父上方はいつ江戸に戻って参られますか」

駿太郎の言葉におりょうが答えた。

「伊勢参宮道から東海道を経て江戸までは、およそ百二十里ほどと門弟の方が教えてくれました。ならば川止めさえなければ二十日後にはこの江戸に戻ってみえます」

「父上は私たちが祖父上様の屋敷に泊まったと知ったら、きっと羨ましく思われますね」

と駿太郎が応じて櫓に力を入れた。

伊勢内宮の御手洗場《みたらし》から流れに突き出した岩場に研ぎ場が設けられ、真新しい烏帽子《えぼし》、白衣姿の小籐次が宝剣磯部丸の研ぎを始めたところだ。

さすがに二十年おきに式年遷宮をなし、神域の各神社《かみやしろ》の宮を造り変える内宮だ。内宮の工人には大工の棟梁を始め、多くの匠《たくみ》がいた。

神域神路山の水源にて黒巫女神路院すさめと自称する女子が赤目小籐次の次直で成敗されたと知らせを受けた内宮では、勉次を伴い、シロとともに宇治に戻ってきた赤目小籐次を迎えた。そして内宮の荒木田神主に神官重役《おもやく》、また山田奉行、さらには御師彦田伊右衛門大夫らが立ち会い、調べが行われた。

神路山での戦いの模様について、赤目小籐次が問い質されたのだ。

小籐次は、島田宿以来の神路院すさめとの関わりをすべて告げた。

長い話を聞いた伊勢内宮の荒木田神主を始め神官重役方は、ほっと安堵の息を吐き、荒木田神主が、

「赤目小籐次どの、確かに神路院すさめを成敗なされましたな」

と念を押した。

「間違いなく」

と応じた小籐次が、手に携えてきた志摩国伊雑宮から神路院すさめによって十数年前に盗み出された宝剣磯部丸を一同に見せた。

「すさめの亡骸が消えた岩場に赤い椿の褥《しとね》が敷かれ、その上にこの宝剣が落ちて

おりました」

「なんとのう」

内宮の荒木田神主が嘆息を洩らし、

「たれぞ伊雑宮へ人を走らせ、このことを告げよ」

と命じた。

そして、その夕暮れ前に磯宮の神官一行が内宮に駆け付けて、改めて小籐次から経緯が語られた。

磯宮は伊雑宮の別名である。

その場にあった小籐次が、

「伊雑宮の宮司様、宝剣磯部丸を検めてくれませぬか」

と願うと、一礼し、受け取った宮司が磯部丸を抜き、仔細に点検した。

「荒木田神主、邪悪な女子の手にあったゆえ、くもりが刃全体に出ておりますが、十数年前にわが伊雑宮から盗まれた宝剣磯部丸に間違いございませぬ」

とはっきりと認めた。

「よかった」

荒木田神主が改めて安堵の言葉を洩らした。すると伊雑宮の宮司が、

「磯部丸の刃の邪悪と穢れを落とし、伊雑宮の正殿にお戻し申しましょう」

と応じた。

しばし沈黙があって荒木田神主が言い出した。

「磯宮宮司、穢れを落とすのは私どもの務めの一つでござろう」

「いかにも荒木田神主」

「穢れを落とす前に研ぎを致すべきでござろうな」

「もちろん」

「ちと思い付いたことがあります」

と荒木田神主が、内宮の別宮であり、天照大御神の遥宮とも称される伊雑宮の磯宮宮司に言った。

「なんでござろうな」

「神路院すさめなる黒巫女の手により穢された宝剣磯部丸を研ぐに相応《ふさわ》しい人物を承知しており申す。その者の手で磯部丸の穢れを落とすのはいかがかな」

「内宮の工人ですかな」

「いや、内宮と関わりのある宮人《みやびと》ではござらぬ」

「ほう、さような人物をご存じで」

「目の前におられれましょうが」

「と申されますと」

はた、と手を打ったのは御師彦田伊右衛門大夫だった。

「赤目小籐次様をおいてほかにこのお役は務まりませぬ。なにしろ黒巫女神路院すさめを退治なされたのは赤目小籐次様ですからな」

彦田大夫の言葉に、

「えっ、赤目小籐次様にさような技がございますか」

と磯宮宮司が質した。

あれこれ問答があって、伊勢の置き土産に赤目小籐次が宝剣磯部丸の研ぎを御手洗場で、神路山の山麓から湧き出る五十鈴川の水辺でなすことになったのだ。

小籐次は翌日の未明、彦田屋で水垢離をなして内宮への宇治橋を渡り、仕度されていた内宮の工人が式年遷宮の折に着る白い匠衣装に身を包み、朝靄の御手洗場に設えられた研ぎ場に座した。

まず磯部丸の柄を外し、刃を五十鈴川の清らかな水にて湿らせ、砥石に載せた。

むろん砥石類もすべて清い流れに一時浸けられていたものだ。

聖と俗の両岸に多くの見物人がいた。

ふと対岸に目をやった。すると久慈屋昌右衛門や国三、それに弟勉次の手を引いた三吉や子どもたち、すさめのもとへの案内役を務めたシロなどが小籐次の動きを見詰めていた。

小籐次は、柄と切っ先を白い伊勢木綿で包み、最初の研ぎを砥石の上に滑らせた。となれば、新兵衛長屋の裏庭で研いでいるのも、神宮の流れの縁《ふち》で宝剣を研ぎ上げるのも、気持ちはいっしょだ。

どれほどの時が流れたか。

小籐次の研ぎの動きが止まった。しばし間があった。

宝剣の刃を目と指の腹で確かめると五十鈴川に刃を入れて浄め、新しい白布で拭い、柄に嵌《は》めた。

御手洗場に横笛、鼓、太鼓の神楽《かぐら》の調べが流れた。

小籐次がその調べに合わせて、宝剣磯部丸を鞘に納め、研ぎ場から、

ひょい

と流れの中ほどに浮かぶ岩場に跳んだ。

小籐次は清らかな流れに独り立っていた。

「志摩国伊雑宮の宝剣磯部丸の浄めのひと舞、不肖赤目小籐次、天照大御神様に奉献申し上げまする」

聖と俗との境の流れに立つ、小柄な小籐次の朗々とした声が五十鈴川の両岸で見詰める大勢の人々の耳に届いた。その声音は両界を支配していた。

俗なる左岸にざわざわとしたざわめきが流れたが、直ぐに収まった。

岩場に立った小籐次の腰がわずかに沈み、ゆったりとした動作で磯部丸を抜き上げると、

「来島水軍流神楽舞」

と再び小籐次が告げ、ゆるゆると神楽の調べに合わせて宝剣磯部丸が舞い踊り始めた。

渾身の研ぎによって浄められた刃が、

きらりきらり

と春の陽射しを浴びて煌めいた。

しばらくして右手が柄から外され、白衣の胸元に突っ込まれていた内宮で使われる神紙《しんし》の束が、

ふわり

と頭上に投げ上げられた。
左岸から、
おお
という声が洩れた。
そのとき、小籐次の手の磯部丸が片手斬りに、落ちてくる神紙を二つに斬り分けた。さらに刃が神紙に纏わりつくように振るわれると、神紙の束がひと振りごとに小さく細やかに斬り分けられていった。
時に宝剣磯部丸が左手から右手に、また右手から左手にと持ち替えられた。せまい岩場での舞を神楽の調べが導き、小籐次の手にする宝剣磯部丸がそれに応じて、神紙はだんだんと小さくなり、春の雪のように五十鈴川の流れに舞い散っていった。
左岸の人びとも小籐次の舞に見とれ、もはや声を立てる人とてない。
すいっ
と小籐次の片手斬り、最後のひと舞を果たすと、宝剣は腰の鞘に音もなく収まった。
「お伊勢様の弥栄《いやさか》とお伊勢参りの方々の壮健を祈って、酔いどれ小籐次の奉献のひと舞、これにて幕に御座候」

小籐次は宝剣磯部丸を鞘ごと腰から抜くと両手に翳して歩を進め、伊勢内宮御正殿に捧げた。

その小籐次の頭《こうべ》を垂れた姿に祝詞が寿《ことほ》がれた。

文政八年春のことだった。

その五年後、文政十三年（一八三〇）に宝永、明和に続く「民族大移動」とも喩えられる大規模なおかげ参りが始まった。

この作品は文春文庫のために書き下ろされたものです。

文春文庫

船《ふな》　参《さん》　宮《ぐう》

定価はカバーに
表示してあります

新《しん》・酔《よ》いどれ小籐次《ことうじ》（九）

2017年8月10日　第1刷

著　者　佐伯泰英《さえきやすひで》

発行者　飯窪成幸

発行所　株式会社 文藝春秋

東京都千代田区紀尾井町3-23　〒102-8008
TEL 03・3265・1211
文藝春秋ホームページ　http://www.bunshun.co.jp

落丁、乱丁本は、お手数ですが小社製作部宛お送り下さい。送料小社負担でお取替致します。

印刷・凸版印刷　製本・加藤製本

Printed in Japan
ISBN978-4-16-790899-7

# 酔いどれ小籐次　各シリーズ好評発売中！

## 新・酔いどれ小籐次

① 神隠《かみかく》し
② 願《がん》かけ
③ 桜吹雪《はなふぶき》
④ 姉《あね》と弟《おとうと》
⑤ 柳《やなぎ》に風《かぜ》
⑥ らくだ
⑦ 大晦《おおつごも》り
⑧ 夢三夜《ゆめさんや》
⑨ 船参宮《ふなさんぐう》

## 酔いどれ小籐次〈決定版〉

① 御鑓拝借《おやりはいしゃく》
② 意地《いじ》に候《そうろう》
③ 寄残花恋《のこりはなよするこい》
④ 一首千両《ひとくびせんりょう》
⑤ 孫六兼元《まごろくかねもと》
⑥ 騒乱前夜《そうらんぜんや》
⑦ 子育《こそだ》て侍《ざむらい》
⑧ 竜笛嫋々《りゅうてきじょうじょう》
⑨ 春雷道中《しゅんらいどうちゅう》
⑩ 薫風鯉幟《くんぷうこいのぼり》
⑪ 偽小籐次《にせことうじ》
⑫ 杜若艶姿《とじゃくあですがた》
⑬ 野分一過《のわきいっか》

## 小籐次青春抄

品川《しながわ》の騒《さわ》ぎ・野鍛冶《のかじ》

# 佐伯泰英

## 文庫時代小説◉全作品チェックリスト

二〇一七年八月現在
監修／佐伯泰英事務所

どこまで読んだか、
チェック用にどうぞご活用ください。
キリトリ線で切り離すと、
書店に持っていくにも便利です。

掲載順はシリーズ名の五十音順です。
品切れの際はご容赦ください。

キリトリ線

佐伯泰英事務所公式ウェブサイト「佐伯文庫」 http://www.saeki-bunko.jp/

双葉文庫

# 居眠り磐音 江戸双紙

いねむりいわね えどぞうし



【シリーズ完結】

□ シリーズガイドブック
「居眠り磐音 江戸双紙」読本
（特別書き下ろし小説・シリーズ番外編
「跡継ぎ」収録）

キリトリ線

キリトリ線

□ 居眠り磐音 江戸双紙 帰着準備号
**橋の上** はしのうえ
（特別収録「著者メッセージ&インタビュー」
「磐音が歩いた『江戸』案内」「年表」）

□ 吉田版「居眠り磐音」江戸地図
**磐音が歩いた江戸の町**
（文庫サイズ箱入り）
超特大地図＝縦75㎝×横80㎝

## ハルキ文庫
# 鎌倉河岸捕物控
かまくらがしとりものひかえ

□ ① **橘花の仇** きっかのあだ
□ ② **政次、奔る** せいじ、はしる
□ ③ **御金座破り** ごきんざやぶり
□ ④ **暴れ彦四郎** あばれひこしろう
□ ⑤ **古町殺し** こまちごろし
□ ⑥ **引札屋おもん** ひきふだやおもん
□ ⑦ **下駄貫の死** げたかんのし
□ ⑧ **銀のなえし** ぎんのなえし
□ ⑨ **道場破り** どうじょうやぶり
□ ⑩ **埋みの棘** うずみのとげ
□ ⑪ **代がわり** だいがわり
□ ⑫ **冬の蜉蝣** ふゆのかげろう
□ ⑬ **独り祝言** ひとりしゅうげん
□ ⑭ **隠居宗五郎** いんきょそうごろう
□ ⑮ **夢の夢** ゆめのゆめ
□ ⑯ **八丁堀の火事** はっちょうぼりのかじ
□ ⑰ **紫房の十手** むらさきぶさのじって
□ ⑱ **熱海湯けむり** あたみゆけむり
□ ⑲ **針いっぽん** はりいっぽん
□ ⑳ **宝引きさわぎ** ほうびきさわぎ
□ ㉑ **春の珍事** はるのちんじ
□ ㉒ **よっ、十一代目！** よっ、じゅういちだいめ
□ ㉓ **うぶすな参り** うぶすなまいり
□ ㉔ **後見の月** うしろみのつき
□ ㉕ **新友禅の謎** しんゆうぜんのなぞ
□ ㉖ **閉門謹慎** へいもんきんしん
□ ㉗ **店仕舞い** みせじまい
□ ㉘ **吉原詣で** よしわらもうで
□ ㉙ **お断り** おことわり
□ ㉚ **嫁入り** よめいり

□ シリーズガイドブック
**「鎌倉河岸捕物控」読本**
（特別書き下ろし小説・シリーズ番外編
「寛政元年の水遊び」収録）

□ シリーズ副読本
**鎌倉河岸捕物控 街歩き読本**

## 双葉文庫
# 空也十番勝負 青春篇
くうやじゅうばんしょうぶ せいしゅんへん

□ ① **声なき蟬 上** こえなきせみ
□ ② **声なき蟬 下** こえなきせみ

講談社文庫

## 交代寄合伊那衆異聞《こうたいよりあいいなしゅういぶん》

□①変化《へんげ》
□②雷鳴《らいめい》
□③風雲《ふううん》
□④邪宗《じゃしゅう》
□⑤阿片《あへん》
□⑥攘夷《じょうい》
□⑦上海《しゃんはい》
□⑧黙契《もっけい》
□⑨御暇《おいとま》
□⑩難航《なんこう》
□⑪海戦《かいせん》
□⑫謁見《えっけん》
□⑬交易《こうえき》
□⑭朝廷《ちょうてい》
□⑮混沌《こんとん》
□⑯断絶《だんぜつ》
□⑰散斬《ざんぎり》
□⑱再会《さいかい》
□⑲茶葉《ちゃば》
□⑳開港《かいこう》
□㉑暗殺《あんさつ》
□㉒血脈《けつみゃく》
□㉓飛躍《ひやく》
【シリーズ完結】

ハルキ文庫

## 長崎絵師通吏辰次郎《ながさきえしとおりしんじろう》

□①悲愁の剣《ひしゅうのけん》
□②白虎の剣《びゃっこのけん》

光文社文庫

## 夏目影二郎始末旅《なつめえいじろうしまつたび》

□①八州狩り《はっしゅうがり》
□②代官狩り《だいかんがり》
□③破牢狩り《はろうがり》
□④妖怪狩り《ようかいがり》
□⑤百鬼狩り《ひゃっきがり》
□⑥下忍狩り《げにんがり》
□⑦五家狩り《ごけがり》
□⑧鉄砲狩り《てっぽうがり》
□⑨奸臣狩り《かんしんがり》
□⑩役者狩り《やくしゃがり》
□⑪秋帆狩り《しゅうはんがり》
□⑫鵺女狩り《ぬえめがり》
□⑬忠治狩り《ちゅうじがり》
□⑭奨金狩り《しょうきんがり》

キリトリ線

□ ⑮ 神君狩り《しんくんがり》

【シリーズ完結】

□ シリーズガイドブック
夏目影二郎「狩り」読本
（特別書き下ろし小説・シリーズ番外編
「位の桃井に鬼が棲む」収録）

## 祥伝社文庫

# 秘剣《ひけん》

□ ① 秘剣雪割り《ひけんゆきわり》 悪松・棄郷編《わるまつ・ききょうへん》

□ ② 秘剣瀑流返し《ひけんばくりゅうがえし》 悪松・対決「鎌鼬」《わるまつ・たいけつかまいたち》

□ ③ 秘剣乱舞《ひけんらんぶ》 悪松・百人斬り《わるまつ・ひゃくにんぎり》

□ ④ 秘剣孤座《ひけんこざ》

□ ⑤ 秘剣流亡《ひけんりゅうぼう》

## 新潮文庫

# 古着屋総兵衛初傳《ふるぎやそうべえ しょでん》

□ 光圀《みつくに》
（新潮文庫百年特別書き下ろし作品）

## 新潮文庫

# 古着屋総兵衛影始末《ふるぎやそうべえかげしまつ》

□ ① 死闘《しとう》

□ ② 異心《いしん》

□ ③ 抹殺《まっさつ》

□ ④ 停止《ちょうじ》

□ ⑤ 熱風《ねっぷう》

□ ⑥ 朱印《しゅいん》

□ ⑦ 雄飛《ゆうひ》

□ ⑧ 知略《ちりゃく》

□ ⑨ 難破《なんぱ》

□ ⑩ 交趾《こうち》

□ ⑪ 帰還《きかん》

【シリーズ完結】

## 新潮文庫

# 新・古着屋総兵衛《しん・ふるぎやそうべえ》

□ ① 血に非ず《ちにあらず》

□ ② 百年の呪い《ひゃくねんののろい》

□ ③ 日光代参《にっこうだいさん》

□ ④ 南へ舵を《みなみへかじを》

□ ⑤ ○に十の字《まるにじゅのじ》

□ ⑥ 転び者《ころびもん》

□ ⑦ 二都騒乱《にとそうらん》

□ ⑧ 安南から刺客《アンナンからしかく》

キリトリ線

- □ ⑨たそがれ歌麿《たそがれうたまろ》
- □ ⑩異国の影《いこくのかげ》
- □ ⑪八州探訪《はっしゅうたんぼう》
- □ ⑫死の舞い《しのまい》
- □ ⑬虎の尾を踏む《とらのおをふむ》
- □ ⑭にらみ《にらみ》

## 祥伝社文庫
# 完本 密命《かんぽん みつめい》

- □ ①完本 密命 見参《けんざん》！ 寒月霞斬り《かんげつかすみぎり》
- □ ②完本 密命 弦月三十二人斬り《げんげつさんじゅうににんぎり》
- □ ③完本 密命 残月無想斬り《ざんげつむそうぎり》
- □ ④完本 密命 刺客《しかく》 斬月剣《ざんげつけん》
- □ ⑤完本 密命 火頭《かとう》 紅蓮剣《ぐれんけん》
- □ ⑥完本 密命 兇刃《きょうじん》 一期一殺《いちごいっさつ》
- □ ⑦完本 密命 初陣《ういじん》 霜夜炎返し《そうやほむらがえし》
- □ ⑧完本 密命 悲恋《ひれん》 尾張柳生剣《おわりやぎゅうけん》
- □ ⑨完本 密命 極意《ごくい》 御庭番斬殺《おにわばんざんさつ》
- □ ⑩完本 密命 遺恨《いこん》 影ノ剣《かげのけん》
- □ ⑪完本 密命 残夢《ざんむ》 熊野秘法剣《くまのひほうけん》
- □ ⑫完本 密命 乱雲《らんうん》 傀儡剣合わせ鏡《くぐつけんあわせかがみ》
- □ ⑬完本 密命 追善《ついぜん》 死の舞《しのまい》
- □ ⑭完本 密命 遠謀《えんぼう》 血の絆《ちのきずな》
- □ ⑮完本 密命 無刀《むとう》 父子鷹《おやこだか》
- □ ⑯完本 密命 烏鷺《うろ》 飛鳥山黒白《あすかやまこくびゃく》
- □ ⑰完本 密命 初心《しょしん》 闇参籠《やみさんろう》
- □ ⑱完本 密命 遺髪《いはつ》 加賀の変《かがのへん》
- □ ⑲完本 密命 意地《いじ》 具足武者の怪《ぐそくむしゃのかい》
- □ ⑳完本 密命 宣告《せんこく》 雪中行《せっちゅうこう》
- □ ㉑完本 密命 相剋《そうこく》 陸奥巴波《みちのくともえなみ》
- □ ㉒完本 密命 再生《さいせい》 恐山地吹雪《おそれざんじふぶき》
- □ ㉓完本 密命 仇敵《きゅうてき》 決戦前夜《けっせんぜんや》
- □ ㉔完本 密命 切羽《せっぱ》 潰し合い中山道《つぶしあいなかせんどう》
- □ ㉕完本 密命 覇者《はしゃ》 上覧剣術大試合《じょうらんけんじゅつおじあい》
- □ ㉖完本 密命 晩節《ばんせつ》 終の一刀《ついのいっとう》

【シリーズ完結】

- □ シリーズガイドブック
「密命」読本
（特別書き下ろし小説・シリーズ番外編
「虚けの龍」収録）

キリトリ線

キリトリ線

文春文庫
## 小藤次青春抄《ことうじせいしゅんしょう》

□ 品川の騒ぎ・野鍛冶《しながわのさわぎ のかじ》

文春文庫
## 酔いどれ小籐次《よいどれことうじ》

□ ① 御鑓拝借《おやりはいしゃく》
□ ② 意地に候《いじにそうろう》
□ ③ 寄残花恋《のこりはなよするこい》
□ ④ 一首千両《ひとくびせんりょう》
□ ⑤ 孫六兼元《まごろくかねもと》
□ ⑥ 騒乱前夜《そうらんぜんや》
□ ⑦ 子育て侍《こそだてざむらい》
□ ⑧ 竜笛嫋々《りゅうてきじょうじょう》
□ ⑨ 春雷道中《しゅんらいどうちゅう》
□ ⑩ 薫風鯉幟《くんぷうこいのぼり》
□ ⑪ 偽小籐次《にせことうじ》
□ ⑫ 杜若艶姿《とじゃくあですがた》
□ ⑬ 野分一過《のわきいっか》

〈決定版〉随時刊行予定

□ ⑭ 冬日淡々《ふゆびたんたん》
□ ⑮ 新春歌会《しんしゅんうたかい》
□ ⑯ 旧主再会《きゅうしゅさいかい》
□ ⑰ 祝言日和《しゅうげんびより》
□ ⑱ 政宗遺訓《まさむねいくん》
□ ⑲ 状箱騒動《じょうばこそうどう》

文春文庫
## 新・酔いどれ小籐次《しん・よいどれことうじ》

□ ① 神隠し《かみかくし》
□ ② 願かけ《がんかけ》
□ ③ 桜吹雪《はなふぶき》
□ ④ 姉と弟《あねとおとうと》
□ ⑤ 柳に風《やなぎにかぜ》
□ ⑥ らくだ《らくだ》
□ ⑦ 大晦り《おおつごもり》
□ ⑧ 夢三夜《ゆめさんや》
□ ⑨ 船参宮《ふなさんぐう》

光文社文庫
## 吉原裏同心《よしわらうらどうしん》

□ ① 流離《りゅうり》
□ ② 足抜《あしぬき》
□ ③ 見番《けんばん》
□ ④ 清搔《すがき》
□ ⑤ 初花《はつはな》
□ ⑥ 遣手《やりて》
□ ⑦ 枕絵《まくらえ》

□⑧炎上《えんじょう》
□⑨仮宅《かりたく》
□⑩沽券《こけん》
□⑪異館《いかん》
□⑫再建《さいけん》
□⑬布石《ふせき》
□⑭決着《けっちゃく》
□⑮愛憎《あいぞう》
□⑯仇討《あだうち》
□⑰夜桜《よざくら》
□⑱無宿《むしゅく》
□⑲未決《みけつ》
□⑳髪結《かみゆい》
□㉑遺文《いぶん》
□㉒夢幻《むげん》
□㉓狐舞《きつねまい》
□㉔始末《しまつ》
□㉕流鶯《りゅうおう》

□シリーズ副読本
佐伯泰英「吉原裏同心」読本

光文社文庫

## 吉原裏同心抄《よしわらうらどうしんしょう》

□①旅立ちぬ《たびだちぬ》

ハルキ文庫

## シリーズ外作品

□異風者《いひゅもん》

キリトリ線

（　）内は解説者。品切の節はご容赦下さい。

**謎小町**
鳥羽 亮
八丁堀吟味帳「鬼彦組」
先ごろ江戸を騒がす「千住小僧」を追っていた同心が殺された！　後を追う北町奉行所特別捜査班・鬼彦組に、闇の者どもの「親子の情」が立ちふさがった。大人気シリーズ第6弾！
と-26-6

**心変り**
鳥羽 亮
八丁堀吟味帳「鬼彦組」
幕府の御用だと偽り戸を開けさせ強盗殺人を働く「御用党」。北町奉行所の特別捜査班・鬼彦組に追い詰められた彼らは、女医師を人質にとるという暴挙にでた！　大人気シリーズ第7弾。
と-26-7

**惑い月**
鳥羽 亮
八丁堀吟味帳「鬼彦組」
賭場を探っていた岡っ引きが惨殺された。手札を切っていた同心にも脅迫が――。精鋭同心衆の「鬼彦組」が動き出す！　倉田佐之助の剣が冴える、人気書き下ろし時代小説第8弾。
と-26-8

**七変化**
鳥羽 亮
八丁堀吟味帳「鬼彦組」
同心・田上与四郎の御用聞きが殺された。与力の彦坂新十郎は事件の背後に自害しているはずの「目黒の甚兵衛」の影を感じる――果たして真相は？　人気書き下ろし時代小説第9弾。
と-26-9

**ご隠居さん**
野口 卓
腕利きの鏡磨ぎ師・梟助じいさん。江戸に暮らす人々の家に入り込み、落語や書物の教養をもって面白い話を披露、時には事件を鮮やかに解決します。待望の新シリーズ。（柳家小満ん）
の-20-1

**心の鏡**
野口 卓
ご隠居さん(二)
古き鏡に魂あり。誠心誠意磨いたら心を開いてくれるでしょう――古い鏡にただならぬものを感じ精進潔斎して鏡磨ぎの仕事に挑む表題作など全五篇。人気シリーズ第二弾。（生島 淳）
の-20-2

**犬の証言**
野口 卓
ご隠居さん(三)
五歳で死んだ一人息子が見知らぬ夫婦の子として生れ変っていた？　愛犬クロのとった行動に半信半疑の両親は――鏡磨ぎの梟助じいさんが様々な「絆」を紡ぐ傑作五篇。（北上次郎）
の-20-3

# 文春文庫　書きおろし時代小説

（　）内は解説者。品切の節はご容赦下さい。

## 花飾り
秋山久蔵御用控
藤井邦夫

神田川で刺し傷のある男の死体が揚がった。殺された晩、川の傍にたたずむ女が目撃されていた。さらに翌日、男と旧知の御家人も殺された。二人を恨む者の仕業なのか？　シリーズ第二十弾。

ふ-30-25

## 無法者
秋山久蔵御用控
藤井邦夫

評判の悪い旗本の部屋住みを調べ始めた久蔵と手下たち。強請の現場を目撃するが、標的となった者たちも真っ当ではない。久蔵は事情があるとみて探索を進める。シリーズ第二十一弾！

ふ-30-26

## 島帰り
秋山久蔵御用控
藤井邦夫

女誑しの男を斬って、久蔵が島送りにした浪人が務めを終え江戸に戻ってきた。久蔵は気に掛け行き先を探るが、男は姿を消した。何か企みがあってのことなのか。人気シリーズ第二十二弾。

ふ-30-27

## 生き恥
秋山久蔵御用控
藤井邦夫

金目当ての辻強盗が出没した。怪しいのは金遣いの荒い遊び人とみて、久蔵は旗本の部屋住みなどの探索を進める。そんな折、和馬は旗本家の男と近しくなる。シリーズ第二十三弾。

ふ-30-28

## 守り神
秋山久蔵御用控
藤井邦夫

博奕打ちが殺された。この男は、お店の若旦那や旗本を賭場に誘い、博奕漬けにして金を巻き上げていたという。久蔵は手下たちとともに下手人を追う。好評書き下ろし第二十四弾！

ふ-30-29

## 始末屋
秋山久蔵御用控
藤井邦夫

二人の武士に因縁をつけられた浪人が、衆人環視の中、相手を斬り捨てた。尋常の立合いの末であり問題はないと誰もが庇う中、〝剃刀〟久蔵だけが違和感を持った。シリーズ第二十五弾！

ふ-30-30

# 文春文庫　最新刊

船参宮　新・酔いどれ小籐次（九）　佐伯泰英
久慈屋に請われ伊勢参りに同行した小籐次に魔の手が

幻肢　島田荘司
記憶を失った少女は恋人の幽霊とデートを重ねるが…

雪の香り　塩田武士
失踪した恋人の隠す秘密とは。純愛ミステリーの傑作

風の盆幻想　内田康夫
おわら風の盆の本番前に老舗旅館の若旦那が殺害され…

繁栄の昭和　筒井康隆
迷宮殺人の現場に小人が！　ツツイワールド大爆発!!

注文の多い美術館　美術探偵・神永美有　門井慶喜
嫁ぎ先の家宝を偽物と断じた新婦。傑作美術ミステリ

エデンの果ての家　桂望実
弟が母を殺したのか？　残された父と兄が真相に迫る

風味さんのカメラ日和　柴田よしき
風味が通う写真教室の講師が写真の秘密を読み解く

秋山久蔵御用控　野良犬　藤井邦夫
久蔵に長女が誕生。三十巻の人気シリーズついに完結

寅右衛門どの　江戸日記　千両仇討　井川香四郎
藩主となった寅右衛門だが金鉱を巡る争いに巻き込まれる

赤川次郎クラシックス　幽霊候補生〈新装版〉　赤川次郎
死んだはずの夕子が、最近撮られた写真に写っている!?

肝っ玉かあさん〈新装版〉　平岩弓枝
原宿の蕎麦屋「大正庵」をめぐる昭和の家族の物語

鬼平犯科帳　決定版（十六）（十七）　池波正太郎
より読みやすい決定版「鬼平」、毎月二巻ずつ刊行中

走る？　東山彰良・中田永一・柴崎友香ほか
人生には走るシーンがつきものだ。RUN小説アンソロジー

猫大好き　東海林さだお
羨ましい猫の生き方、内臓と自分の不思議な関係など

政党政治はなぜ自滅したのか？　さかのぼり日本史　御厨貴
戦前の政党政治の失敗の原因を探り、わかりやすく解説！

オレがマリオ　俵万智
震災後に東北から石垣島へ移住した母子の暮らしを歌う

新版　家族喰い　尼崎連続変死事件の真相　小野一光
二十年以上にわたる八人の死者。その中心にいた女とは

脳科学は人格を変えられるか？　エレーヌ・フォックス　森内薫訳
脳科学の驚異の世界。カギは楽観脳と悲観脳にあり！

内村鑑三　新保祐司
近代日本の精神の矛盾と葛藤を体現する男の核心に迫る